Reise zum Mittelpunkt des Herzens

Satz: Media Design: Rizner.at, Salzburg
Druck: Friedrich Pustet, Regensburg
ISBN 3-902497-05-X

LUDWIG FELS

Reise zum Mittelpunkt des Herzens

ROMAN

JUNG
UND
JUNG

Für Fred P., Jörg W., Sohrab S., Klaus R. und H. J. K.

The First Time Ever I Saw Your Face

The first time ever I saw your face
I thought the sun rose in your eyes
And the moon and stars were the gifts you gave
To the dark and the endless sky, my love

„Nein“, dachte er, als würde dadurch, daß er Nein dachte, alles, was längst feststand, ungeschehen gemacht werden und als könnte dieses Nein die Wahrheit entzweischlagen, die nichts weiter war als ein schwarzes und ein weißes Ja.

Honore Kerchen

PROLOG

Er hatte sich in den Besuchersessel gesetzt und sie hatte auf dem Bettrand Platz genommen, obwohl die Schwester kurz zuvor dagewesen war und das Bett frisch bezogen hatte, so warteten sie beide auf Jack.

Er sieht gut aus, dachte sie, so wie sie ihn liebte.

Und dann sagte sie es ihm.

„Du siehst auch gut aus“, sagte er.

Die Schwester kam herein und schaute nach, ob sie schon gegangen waren. „Wie kann es einem hier nur so lange gefallen“, sagte sie freundlich.

„Wir sind gleich weg“, sagte er.

„Sie werden uns fehlen“, sagte die Schwester und schloß die Tür hinter sich.

„Jetzt wird alles gut“, sagte er.

„Ja“, sagte sie, „alles wird gut! Erschrick nicht, draußen scheint die Sonne, die Vögel singen, und wie! Du hältst es nicht aus.“

„Ich halte es aus“, sagte er.

„Wo nur Jack bleibt“, sagte sie.

„Er war noch nie pünktlich“, sagte er.

„Aber heute“, sagte sie, „einmal im Leben!“

Sie sah zur Tür, und er folgte ihrem Blick. Dr. Olsen kam herein, er lächelte sie beide an und sagte, Jack habe angerufen, ihm sei etwas dazwischengekommen. „Ich würde Sie gerne fahren“, sagte Dr. Olsen, „aber es geht leider nicht. Die Termine, Sie verstehen!“

„Tom, Linda“, sagte er, als sie an ihm vorbei und hinaus gingen.

Sie trug die Tasche mit seinen Sachen, und er hängte sich bei ihr ein. Dr. Olsen begleitete sie bis zum Lift, drückte den Knopf.

„Tom“, sagte Dr. Olsen, „Sie wissen, was ich Ihnen wünsche!“

Er nickte, und Linda sagte schnell: „Danke, Doktor, er weiß es!“ Sie sagte es so schnell, weil die Lifttür aufglitt.

Dr. Olsen lächelte bis zuletzt.

„Also erschrick nicht“, sagte sie, als sie hinunterfuhren, „die Sonne scheint, die Vögel singen. Und alles ist voller Taxis!“

Es war wirklich ein Kinderspiel, ein Taxi zu kriegen, die Welt war voller Taxis und die meisten standen hier, auf dem begrünten Parkplatz des Hospitals, und einen Moment sah es so aus, als seien alle nur wegen ihm gekommen. Es war ein wunderbares Gefühl, nicht warten zu müssen. Die Sonne und das Gepiepse der Vögel, das alles paßte wunderbar zu diesem Gefühl.

„Wir haben Zeit“, sagte sie, als sie saßen.

Ihr Fahrer drehte sich nach ihnen um, lächelte wie Dr. Olsen. Tom mochte ihn sofort. Er war jemand von der freundlichen Sorte Mensch aus irgendeinem ferneren Teil der Welt, wo Linda und er noch nie gewesen waren und den Jack sicher gekannt hätte. Als sie vom Parkplatz herunten waren, ließ der Fahrer ganz leise Musik laufen, und die Musik hörte sich an wie ganz leiser Regen, der durchs Licht fällt. In einer Kurve sank Tom gegen Linda, hielt sich an ihr fest, küßte sie. Seine Augen fühlten sich groß und wach an. Manchmal kam ihm die Stadt draußen bekannt vor, und dann sagte er es ihr und dem Fahrer, hätte es auch Jack gesagt, daß er immer wieder das Gefühl hatte, schon einmal hier gewesen zu sein – Jack, der sich weiß Gott überall auskannte. Er schloß vor Glück die Augen. Ihr Atem neben ihm klang nah, wie die rollende Brandung eines sanften Ozeans, und er spürte das Herz der Welt in sich schlagen; es fühlte sich gut an, unterwegs nach Hause zu sein, die Erde war die Heimat von Sonne, Mond und Sternen, und er lebte gerne hier. Er lehnte sich zurück, und der Wagen schaukelte und ruckelte auf den Asphaltrillen.

I.

Sie bat den Fahrer, direkt vorm Gartentor anzuhalten, und der Fahrer lenkte den Wagen so dicht ans Trottoir, daß der Vorderreifen an der Bordsteinkante entlangmahlte, kurz hochschnellte und der Seitenspiegel durch das gen Himmel strömende Blau des Hibiskus stieß, der an der Pforte wuchs. Dann hatten sie ein kleines Problem mit dem Trottoir, das für Tom im Moment zu hoch lag, aber der Fahrer stieg mit aus, faßte ihn unter und half ihm hinauf. Ziemlich atemlos sagte Tom zu Linda, der Fahrer habe seinen Job besser gemacht als jeder Bergführer im Hoggarmassiv. Er schaute dem davonfahrenden Taxi hinterher, und der Fahrer hupte, als er unten am Ende der Straße abbog. Ein paar Hibiskusblüten lagen wie kleine, blaue Spiegel auf dem Pflaster. Die Nachbarn standen wie zufällig hinter den Fenstern. Linda ging mit ihm zum Haus, wartete nach jedem Schritt auf ihn.

Nebenan bastelte der junge Cazzanelli an seinem Wagen herum, hörte aber sofort auf, Krach zu machen, als er bemerkte, wie schwer es Tom fiel, den Weg zum Haus zu gehen, und wie oft seine Schritte aus dem Rhythmus kamen; er drehte sogar das Autoradio ab und rief „Hallo“, und Tom rief „Hallo“ zurück, aber man hörte ihn kaum, die Vögel waren lauter. Als Linda die Haustür aufschloß, sah sie, daß Tom eine Blüte vom Hibiskus mitgenommen hatte.

Das Haus war wie eine Wand aus weißem Papier, in das die Jahre die Schatten seiner Bewohner gebrannt hatten. In den Räumen herrschte der unverkennbare Geruch von Liebe und Arbeit, vermischt mit den gewöhnlicheren Dingen des Lebens wie Essen und Wäsche. Mabel, ihre Tochter, die einzige, lebte seit fünfzehn Jahren mit einem südafrikanischen Schriftsteller in Tasmanien und behauptete, sie sei zu glücklich, um ihnen zu schreiben. Für Tom lagen die Zimmer jetzt weit voneinander entfernt, das ehemalige Kinderzimmer im oberen Stockwerk hinterm begehbaren Ende der Welt; es wäre zu beschwerlich gewesen, überall anwesend sein zu wollen. Linda unternahm ihre zeitraubenden Wanderungen durch die angesammelten Besitztümer ihrer Existenz, und es schien ihr nichts auszumachen, daß sie regelmäßig zurückfand zu ihm. Vornübergebeugt folgte er ihr, eine Gestalt, die sich selbst ganz und gar zur Frage geworden war.

Im Bad half sie ihm beim Entkleiden, drehte sich um, als er die Pumpe abnahm und sie mit dem Tragegurt auf die Waschmaschine legte. Er hockte sich in die Dusche, schwitzte heftig. Als ihn der Wasserstrahl traf, begann er vor Erschöpfung und Dankbarkeit zu zittern.

„Gut so?"

Er hob den Kopf, ließ sich warmes Wasser in Augen und Mund laufen. Ein paar blaue Blütenblätter kreiselten im Abflußsieb.

Sie trocknete ihn ab, zärtlich wie ein Kind, war glücklich, daß er noch alle seine Haare hatte, auch wenn sie über der Narbe ein bißchen borstig nachgewachsen waren. Sein Bart war so dicht und weich und erinnerte sie, wenn sie ihn streichelte, an den Pelz eines kleinen Tieres, das sich vom Spielen ausruht.

Linda hatte zwei Matratzen in Toms Arbeitszimmer geschafft und mit Laken bespannt. Es war Jacks Idee gewesen, auch Dr. Olsen hatte die Idee gefallen. Sie fragte ihn, welche Matratze er haben möchte. Er legte sich auf jene, die näher am Fenster war. Er wollte sich nicht mehr bewegen. Lag da und schaute auf die andere Matratze neben sich. Und dann schaute er weg und sein Blick suchte das Fenster.

„Du kannst alle beide haben, wenn du magst", sagte sie.

„Hast du gehört?" fragte sie nach einer Weile.

Er nickte, und sein Kopf rutschte vom Kissen; es tat ihr leid. Die WDG/PAUSE-Taste der Messagemachine blinkte grün, ein fahles Auge. Jack redete:

Hallo, Linda, hallo Tom! Hier spricht Jack! Tut mir leid, daß ich nicht kommen konnte. Ich mußte in den Zoo, ein Gorillababy fotografieren, die Mutter wollte nicht warten mit der Geburt und die Zeitung wollte das Junge ganz frisch und blutig. Wenn ihr diese Nachricht hört, bin ich hoffentlich schon auf dem Weg zu euch und ich hoffe, ihr seid zu Hause, wenn ich antanze. Falls es unpassend sein sollte, sagt es mir bitte, meine Nummer habt ihr. Meine Nummer habt ihr doch, oder? Hört mal, ich bedauere es zutiefst, daß ich nicht die Zeit hatte, euch im Hospital abzuholen, aber das Baby wollte nicht mehr länger warten. Aus dem Bauch in den Käfig! Man könnte glatt ein Philosoph werden. Ach ja, Linda, Tom, ich möchte euch fotografieren! Und, wie gesagt, tut mir leid und bis gleich!

„Auf Jack ist Verlaß“, sagte Linda.

„Er ist treu“, sagte er.

„Was heißt treu?“

„Wir warten auf ihn, und er vergißt uns nicht“, sagte er, „das nenne ich treu.“

„Nicht alle haben das Glück, einen Freund zu haben“, sagte Linda.

„Einen treuen Freund wohlgemerkt“, sagte er.

„Wohlgemerkt“, ahmte sie ihn nach. „Freust du dich oder freust du dich nicht?“

„Laß mich nachdenken“, sagte er.

Sie kam und setzte sich neben ihn auf die Matratze, beugte sich mit gerunzelter Stirn über ihn und gab ihm einen Kuß. Von draußen war eine Sirene zu hören, monoton und kalt.

Mit einem Mal ging Linda oben an der Zimmerdecke, und Dr. Olsen lief auf Händen auf ihn zu.

Wie fühlen Sie sich heute, Tom?

„Hm."

Hm ist keine Antwort, Tom!

„Warum gehn Sie auf Händen, Doktor?"

Stehn Sie auf und machen Sie's mir nach, Tom!

„Sie wissen, daß ich das nicht kann!"

Das ist das wenigste, was Sie nicht können, Tom!

„Doktor Olsen", sagte er, „Sie werden es mir nicht glauben, aber ich hab im Spiegel eine nackte Frau gesehn. Sie war ganz nackt. Ist das normal? Sie versuchte, mich zu küssen, und sie versuchte, mir etwas zu sagen – was, weiß ich nicht. Nur ihre Lippen bewegten sich und sie tat, als würde sie tanzen. Unter ihr und hinter ihr alles blau, wie Wasser auf Bildern. Ich hab sie gesehn, Doktor, ich schwör's Ihnen, ich hab sie gesehn. Das war keine Phantasie. Das war keine Halluzination. Das war eine nackte Frau. Der Spiegel hängt neben der Tür. Man sieht ein Stück vom Fenster im Spiegel. Aber sie war nicht draußen vorm Fenster, sondern im Spiegel, vollkommen und von Kopf bis Fuß. Sie hat sich umgedreht und sie hat sich bewegt. Am Anfang dachte ich, sie hätte Ähnlichkeit mit Linda. Man kann sich doch nicht mit seiner eigenen Haut verkleiden, Doktor, oder? Wissen Sie, ich dachte, jetzt, mein Lieber, ist es soweit. Und dann dachte ich, so schlecht ist das doch gar nicht, mit einer nackten Frau im Spiegel und dieser hübschen Erinnerung an sie. Ich bin die ganze Zeit so dagelegen, Dr. Olsen. Irgendein Blatt sirrte draußen im Wind, und der Vorhang bauschte sich wie beim ersten Ton einer stürmischen Musik. Ich glaube, Linda war aus dem Zimmer gegangen – fragen Sie sie, ich weiß nicht mehr, warum. Ich hatte ein bißchen geschlafen und hab sie im Schlaf festgehalten, wie ich es immer tue, vielleicht weil ich Angst davor habe, sie im Schlaf zu verlieren. Ich streckte also die Hand nach ihr aus, es tat weh, aber ich streckte sie trotzdem aus, wollte eine Berührung, eine Erklärung. Manchmal müßte man mehr träumen als leben, Dr. Olsen. Linda hatte gesagt, Jack werde vorbeikommen, und ich dachte die ganze Zeit: Was, wenn Jack kommt und diese nackte Frau im Spiegel sieht? Was, wenn sie keiner Erfindung meines Gehirns entspringt? Da tat die Frau auf einmal so, als würde sie mich fotografieren. Machte all diese Gesten und Verrenkungen im Spiegel, Sie wissen schon, als wäre sie mit einer unsichtbaren Kamera zugange. Sie sah blendend aus und fotografierte mich hingebungsvoll. Sie fotografierte meinen Blick. Es klingt lächerlich, aber ich machte schnell die Augen zu, weil sie nackt war und weil ich ihre Nacktheit gesehn hatte. Und dann hörte ich ihre Stimme, hörte ihre Worte wie durch die

Lider hindurch, während sie vermutlich weitere Bilder von mir machte und sich beugte und streckte, zitternd im kalten, grellen Glas des Spiegels. Sie sagte, ich glaube, sie sagte: *Jack kommt dann vorbei, er möchte uns fotografieren.*“

Dr. Olsen entfernte sich rückwärts auf Händen gehend.

Ärzte wie Dr. Olsen operierten fantastisch. Sie transplantierten Flügel und Flossen, jahrtausendalte Gehirne und Schädel, Räder an die Knie, Kufen an die Ellbogen. Er lachte und Linda fragte, was los sei.

„Nichts“, sagte er.

Sie ließen Jack auf dem Anrufbeantworter reden und reden.

> Tom, Linda, nochmal Jack! sagte Jack. Hoffe, ihr habt ein nettes Taxi bekommen, eins mit einem netten Fahrer! Natürlich kann kein Fahrer so nett sein wie ich und so gut fahren wie ich kann auch kein Fahrer, aber das Trinkgeld hat er sich hoffentlich verdient. Wäre wirklich gerne dort gewesen, um euch abzuholen, und ihr dürft mir glauben, ich wär's gewesen, der am lautesten getönt hätte: Danke, wir brauchen kein Taxi! Jack fährt nämlich! Jack und nur Jack! Und nur Jack allein weiß, wohin! Und nur Jack kennt den Weg nach Hause in- und auswendig, auch wenn er gar nicht dort wohnt, dieser

Jack! Ich steck im Stau, Freunde! Mittendrin! Idioten hinten, vorne, links und rechts, o Gott! Gott sei Dank gibt's keine fliegenden Autos, sonst wären die Idioten auch noch über mir! Nicht fluchen, Jack, nicht fluchen, sei ein braver Junge! Dein Freund Tom ist auch ein braver Junge! Alles ohne Murren und Klagen, soll ihm erst mal einer nachmachen! Tom, Linda, ihr wartet doch auf mich? Die Leute fahren, als hätte man ihnen das Gehirn geklaut. Naja, groß kann die Beute nicht gewesen sein. Ich schaffe es, keine Angst, ich schaffe es! Rrroooaaarrr! Wie geht's euch? Alles okay, Tom?

Gute Frage, dachte er, wie betäubt von der Leere, die Jacks Stimme hinterlassen hatte. Er schlief ein und noch während er einschlief, wachte er schon wieder auf und es war immer noch hell im Zimmer, sehr hell und sehr früh, und das Licht war wie eine tönende Masse, die gegen das Fenster drückte. Er träumte und ließ die Augen offen, lag auf dem Rücken und blaues Geäder, das sich in alle Himmelsrichtungen erstreckte, durchzog die Decke, während er immer weiter, immer tiefer sank und einen milchigen Geschmack im Mund bekam, der leicht klebrig war und ihn am Rufen hinderte. Er spürte den Gurt um seinen Bauch, der eine Spur zu stramm gespannt war, sonst spürte er nichts, war dankbar dafür. Er versuchte sich an Jacks Gesicht zu erinnern, aber weil sie sich schon so lange kannten, hatte Jack so viele Gesichter, daß er sich für kein Gesicht entscheiden konnte. Welches Gesicht Jack heute haben würde, ein altes oder ein neues, blieb Jacks Geheimnis. Eine Weile lauschte er den Geräuschen, die Linda in der Küche machte. Sie hatte nichts gefrühstückt und es war nett von ihr, daß sie die Tür hinter sich geschlossen hatte; er konnte den Geruch von Kaffee und Zigaretten nicht mehr vertragen. Er hätte ihr gerne etwas gesagt. Ich liebe dich, zum Beispiel. Hundegebell drang von draußen herein. Der Köter, der den Kinnards gehörte und nichts lieber tat, als in den Garagen der Nachbarn sein Geschäft zu erledigen. Tom stand auf, hatte das Gefühl, ihm müßten erst noch Arme und Beine wachsen, als er zum Regal ging, ein Buch herauszog, dann öffnete er das Fenster, warf es nach dem Hund. Scheinbar hatte er getroffen, denn das Gekläffe hörte für einen Moment auf, ehe es an Erregung und Lautstärke zunahm. Fast spürte er etwas wie Stolz, weil er noch so viele Bücher besaß, die er dem Köter da draußen an den Kopf werfen konnte. Einmal hatte das Vieh in den Swimmingpool der Cazzanellis gepinkelt und wäre fast ertrunken. Er wußte nicht, was er davon zu halten hatte, daß ihm das gerade jetzt einfiel. Er legte sich wieder auf die Matratze. Das Laken roch sauber und gut. Auch das Laken auf der zweiten Matratze roch sauber und gut. Wegen des Gebells vorm Fenster hörte er nicht das Klopfen an der Tür. Erst als Linda seinen Namen rief und die Klinke drückte, merkte er, daß er vergessen hatte, sie herein zu bitten. Sie kam mit einer Tasse Kaffee herein.

„Tom?“ flüsterte sie. „Tom?“

„Der Hund war da“, sagte er.

„Ich werde mit den Kinnards reden.“

„So war das nicht gemeint.“

„Das Vieh geht jedem auf die Nerven.“

„Geht sich wahrscheinlich selber auf die Nerven.“

„Ich rede trotzdem mit ihnen.“

„Besser, Jack redet mit denen“, sagte er. „Rede lieber mit mir.“

„Gern“, sagte sie. „Liegst du gut?“

Er wollte Ja sagen, aber dann sagte er nichts, weil er diese Frage nicht mochte. Sie machte ihn wehrlos, egal, was er antwortete.

„Ist es so bequem für dich?“ fragte sie. Sie trank einen Schluck Kaffee, und wie sie schluckte, hatte etwas Herausforderndes, für das er sie bedingungslos bewunderte. „Ich will dich nicht dauernd fragen, wie's dir geht.“

„Danke“, sagte er.

„Ich weiß, daß du das nicht magst“, sagte sie.

„Jeder fragt, wie's mir geht. Als würde ich das wissen …“

„Hast du Schmerzen?“

„Die Pumpe arbeitet prima!“ sagte er. „Hörst du?“

„Nein“, sagte sie, „nichts!“

Hörte nichts, weil draußen wieder der Köter bellte wie verrückt. Diesmal kostete ihn das Aufstehn mehr Kraft als vorhin, auch das Öffnen des Fensters und das Werfen des Buches kostete ihn deutlich mehr Kraft als vorhin; er zitterte, schwitzte, aber Linda sagte nichts. Während er zurückging, bemerkte er die Ecken und Kanten des Kästchens, die sich unter seinem Pyjama abzeichneten, als hätte sich dort ein grobes, schwarzgepanzertes Tier in seine Seite gekrallt. Er paßte auf, als er sich auf die Matratze niederließ, kippte rücklings gegen die Wand, hielt sich stocksteif.

„Ich hab nichts gehört“, sagte sie.

„Da sieht man, wie prima sie arbeitet“, sagte er. „Sie muß so geräuschlos arbeiten, damit ich schlafen kann, verstehst du?“

Sie nickte, aber er sah ihr an, daß sie nach draußen horchte. Der Hund hatte sich verzogen. Sie wandte sich ihm zu, kam näher.

„Ein bißchen was hört man jetzt aber schon, Tom.“

„Das bildest du dir ein, Linda“, sagte er.

„Vielleicht“, sagte sie.

„Vibriert minimal, das Ding“, sagte er. „Fühl mal!“ Er spürte den sanften, tastenden Druck ihrer Hand, hielt den Atem an, vor Rührung.

„Paß bitte auf, daß nichts verrutscht“, sagte sie.

„Ach was", sagte er, „sitzt perfekt! Schau mal, ich kann sogar auf der Seite liegen, Linda, macht überhaupt nichts! Mit dem Ding am Bauch komm ich mir vor wie der Gasmann. Hey, Baby, darf ich deinen Zähler ablesen?"

„Hab ich viel verbraucht, Herr Gasmann?"

„War ein langer Winter dieses Jahr, Madam."

„Und kalt, und kalt!"

„War ich draußen?"

„War zu kalt, Tom, viel zu kalt. Wir hatten tagelang kein Licht, und als endlich das Tauwetter kam, fiel dauernd der Strom aus."

„Und warum weiß ich davon nichts?"

„Weil du nicht da warst", sagte sie, sagte sie ganz einfach.

„Diesmal bleib ich aber da", sagte er. „Und wenn es Eisbären schneit!"

„Das wäre schön", sagte sie.

„Was wäre schön?" fragte er.

„Das mit den Eisbären", sagte sie. „Die würden endlich den verdammten Kläffer fressen."

„Und den Gasmann", sagte er.

„Die würden ihn für einen Pinguin halten und fressen", sagte sie.

„Und dann", machte er weiter, „würden sie ins Haus kommen und den Zähler ablesen. So allein, Madam?"

Es war genug, er sah sie an, sie hielt es aus. Er sah eine Ebene aus Licht in ihren Augen, über die es rauhen, körnigen Schnee wehte, es waren keine Gebäude und keine Planeten auf dieser Ebene, sie war makellos kalt und makellos weiß und er wußte nicht, warum, aber er fühlte sich getröstet und geborgen, und das war ziemlich viel auf einmal, mehr als er ertrug.

„Die Pumpe läuft mit Batterie“, erklärte er.

„Wirklich, kaum zu hören“, sagte sie.

„Dr. Olsen hat sie programmiert“, sagte er.

Ein offenes Wort, Tom, sagte Dr. Olsen.

„Zieren Sie sich nicht“, sagte er.

Ich mach Sie nicht zum Krüppel, sagte Dr. Olsen.

„Und wie lang hab ich noch?“ Der längste Satz der Welt. Und das längste Warten auf Antwort.

Was haben?

„Sie“, sagte er, „und Linda!“

Kann's losgehn?

„Machen Sie schon!“

Dann hatte er genickt, und Dr. Olsen hatte die Kanüle in seiner Haut versenkt.

Ein kleines Stichelchen, schon passiert, ein Kinderspiel!

„Seit wann tut ein Kinderspiel so scheißweh?“

Dies, sagte Dr. Olsen, als die Kanüle fixiert war und er die Zufuhr der Bolusgabe geregelt hatte, *ist nicht der große Trip, auf den ich Sie schicke! Sie werden nicht die Engel singen hören, was gut wäre, aber auch nicht die Teufel tanzen sehen, was vielleicht nicht so gut wäre. Sie werden ganz einfach nichts mehr spüren, Tom, nur hin und wieder Ihren Schmerz und dann Ihren Schmerz nicht mehr! Einfacher kann ich es Ihnen nicht erklären. Man nennt das Ding PCA-Pumpe, das heißt: patientenkontrollierte Analgesie, transportabel wie ein Discman mit Tragegurt. Wenn die grüne Signalleuchte blinkt, läuft die Pumpe. Bei Schmerzen drücken Sie langsam die violette Stern-Taste oder mindestens eine Sekunde lang den schwarzen Druckknopf des weißen Bolusgebers. Die Pumpe gibt optisch und akustisch Alarm – Vorsicht, Piepton! –, wenn zum Beispiel die Batterie gewechselt werden muß. Cirka alle zwei Monate ist eine Neufüllung erforderlich, soll heißen, das Ding muß vollgetankt werden. Aber jetzt das schönste: am FKK-Strand können Sie's in die Pumpentasche stecken. Wie gesagt, das einzige, was Sie spüren könnten, ist ein Juckreiz, lästig, aber nicht unbedingt unangenehm.*

Nach ein paar Tagen würde er das Ding gar nicht mehr spüren, hatte Dr. Olsen gesagt. Und er hatte gesagt, nach ein paar Tagen würde er gar nicht mehr wissen, daß er je ohne leben konnte.

Wollte, hatte Dr. Olsen gesagt, *wollte! Wollte klingt vernünftiger!*

Dann war er allein mit dem Ding gewesen: ein Anwuchs, dachte er, aufgepfropft. Absorption, dachte er, das einzige Wort, das im Moment zutraf.

Linda hatte ihren Kaffee getrunken, stellte die Tasse auf dem Schreibtisch ab.

„Ich setz mich jetzt zu dir, okay?"

Er hielt den Atem an, verlagerte sein Gewicht.

„Ich faß dich jetzt an, in Ordnung?"

Er nickte. „Tu's!" sagte er.

Sie machte sich daran, sein Gesicht mit einem Kosmetiktuch zu betupfen, kam ihm so nahe, daß er ihren Atem roch: sie hatte in der Küche eine Zigarette geraucht und würde ihn deshalb nicht küssen, und er wünschte sich und ihr so sehr, sie könnte sich an ihn lehnen und er könnte sie in seinen Armen halten, einen Winter lang, einen ganzen Winter lang und Tag und Nacht, und wenn das so etwas wie Ewigkeit war, dann wäre es eine gute Ewigkeit gewesen. Er fragte sie, ob es heiß sei draußen, und sie sagte „Mhm" oder so ähnlich.

„Wirklich ein schöner Tag heute", sagte sie, als sie mit seinem Gesicht fertig war. „Soll ich dir was vorlesen?"

„Was?"

„Hm", sagte sie, „was aus den Büchern, die der Köter apportiert hat?"

„Vielleicht was aus der Bibel?" sagte er.

„Im Ernst?" fragte sie.

„Nein, nein!" sagte er schnell.

„Nein?"

„Nein!"

„Warum nicht?"

„Will nichts wissen!"

„Gottes Wort, Tom! Er hat das Sagen!"

„Ich höre", sagte er.

Aber er hörte nur das Geräusch der Pumpe und nicht einmal das richtig laut und klar, roch den Rauch in ihrem Atem.

„Er liebt dich", sagte sie.

„Du liebst mich auch", sagte er.

„Das ist nicht das gleiche", sagte sie.

Es verging eine Weile, ehe dieses Gefühl vergeblicher Sehnsucht die Schutzschicht durchdrang, in die ihn die applizierte Bolusgabe gehüllt hatte, ein schwammig gewordener, sich zersetzender Panzer, unter dem das Herz gnadenlos hämmerte im strengen Rhythmus der Panik. Manchmal rann Glut durch seine Knochen, verbrannte sein Fleisch unter der Haut, trügerisch erträglich, sobald er den Knopf drückte und die Dosierung der Analgetika erhöhte, immer noch wie gegen seinen Willen. Auch wenn ihm gar nichts anderes übrigblieb. Der Hund war jetzt ruhig, schlief wahrscheinlich mit vollem Maul, und der junge Cazzanelli schien genug von seiner Musik zu haben oder das Autoradio war kaputt. Aber egal. Er hätte rufen mögen: Öffnet das Fenster! Öffnet die Tür! Öffnet das Herz, den Himmel…

Linda glaubte an Gott, und er glaubte, daß Gott es wußte, daß sie an ihn glaubte, denn sie tat das so unbeschwert, als wäre es ein fantastisches Vergnügen, an Gott zu glauben, eine Wohltat, mit nichts zu vergleichen. Ein paar Bücher waren auf die Seite gekippt, dort, wo er die anderen aus dem Regal gezogen hatte; er hielt den Kopf schräg, um die Titel auf ihrem Rücken lesen zu können, aber alles, was er sah, waren dicke, gekrümmte Striche, die vor seinen Augen pulsierten und verschwammen. Der Hund konnte sie haben, diese Bücher, alle.

„Mir ist das alles fremd geworden“, sagte er schließlich.

„Was?“ fragte sie. „Was ist fremd?“

„Dieses ganze Leben“, sagte er. „Es ist wie erfunden.“

„Das ist dein Haus, deine Frau. Dein Freund kommt dich besuchen. Ach, Tom!“

„Komm zu dir, ich bin da“, sagte er, verschluckte sich an etwas, das sich in seinem Hals gelöst hatte, das falsche Wort, hustete.

„Ich hol dir ein Glas Wasser“, sagte sie.

„Vergiß mich nicht“, rief er ihr hinterher, als sie hinausging, „ich warte hier auf dich!“ In meinem Bett, in meinem Leib, dachte er.

Dr. Olsen stand am Regal und blätterte in einem Buch.

„Also weißt du, Tom, manchmal bist du unmöglich!“ rief Linda aus der Küche.

„Mir wär’s lieber, ich würde Sie nicht kennen“, sagte er zu Dr. Olsen.

Dr. Olsen grinste und klappte das Buch zu, dann sagte er: *Ob Sie's glauben oder nicht, mir geht's genauso. Übrigens, Tom, die Pumpe läßt sich zum Duschen abnehmen. Auch wenn Sie Sex haben, können Sie das Kästchen für die gewisse Zeit abschnallen. Die Medikamente, die ich Ihnen verordne, fallen unter das Betäubungsmittelgesetz, also drücken Sie nur im Notfall den Knopf. Falls Ihnen die Maximaldosierung nicht reicht und Sie nicht genug kriegen können, wird die Pumpe von mir neu justiert. Auch für die Nachfüllung bin ich zuständig. Mit ergebensten Grüßen – Ihr Tankwart! Und bin ich einmal nicht greifbar, weil ich mit einer hübschen kleinen Krankenschwester das Leben und die Liebe genießen möchte: Linda hat von mir die Nummer vom Schmerzdienst bekommen. Kann also gar nichts passieren! Haben Sie gehört, Tom?*

„Wie heißt Ihre kleine Krankenschwester, Dr. Olsen?"

Ich beanspruche meine ärztliche Schweigepflicht, Tom, lachte Dr. Olsen.

„Erzählen Sie mir keine Bettgeschichten, Dr. Olsen, retten Sie mich!" sagte er. „Vernaschen Sie Ihre kleinen Krankenschwestern, so oft Sie wollen und können – einen bessern Arzt als Sie gibt es nicht!"

Ich wußte, daß Sie das sagen, sagte Dr. Olsen.

„Wußten Sie nicht", sagte er.

Jede Wette, sagte Dr. Olsen.

Linda kam zurück, ließ ihn trinken. Das Wasser war kalt, roch nach Rauch.

Nach dem Eingriff hatte er sich beharrlich geweigert, in einen Spiegel zu schauen, hatte sich eine Perücke auf den Kopf gestülpt und sich einen Bart stehen lassen, der ziemlich grau sproß, und später dann, als alles verheilt war, trug er eine Mütze und fühlte sich wie ein alter Mann mit einem falschen Glauben, und es war wie ein Reflex aus längst vergangenen Tagen, wenn Linda ihn anfaßte: er spürte ihre Finger, ihren Griff, aber sich spürte er nicht mehr in diesem Griff.

„Laß mich", sagte sie, als er ihre Hand wegtat.

Sie bettelte.

Das einzige, was er wiedererlangte, war die Schmerzempfindung. Schmerz, der sich kontinuierlich verschlimmerte. Er verschlang Dipidolor und Rizatriptan, bisweilen die einzige Nahrung, die er zu sich nahm. Ein einziger Tropfen Alkohol hätte ihn aus der Welt geschwemmt.

Er pfiff plötzlich scharf durch die Zähne, tastete unter der Decke nach dem Knopf, zog die Hand Millimeter um Millimeter zurück, sagte: „Hey, das tut gut! Die Pumpe arbeitet wirklich fantastisch. Ich spür überhaupt nichts. Spür nicht einmal die Pumpe!"

„Das ist schön, Tom", sagte sie.

„Trotzdem, ich werde verschwinden", sagte er.

Er fühlte das Gewicht seiner Hände, jeder einzelne Finger wog schwer wie ein nasses Stück Holz.

„Sag mal“, sagte sie, „hat dir der Arzt nicht verboten, solches Zeug zu denken?“

Er lachte verloren, weit hinten ein Grollen im Kopf. „Ich will nur nicht sterben“, sagte er, „das ist alles. Oder nur, wenn ich will. Mehr vom Leben will ich gar nicht verlangen.“

Sie hob die Decke hoch, er zog die Hand noch weiter zurück; es kostete ihn alle seine Kräfte.

„Man hört nichts“, sagte sie.

„Du hörst, wie sie arbeitet, wenn du nicht atmest“, sagte er.

Sie sagte nichts.

„Linda?“

„Ja?“

„Soll ich Vollgas geben?“

Linda lachte. Im nächsten Augenblick biß sie sich auf die Lippen, daß sie weiß wurden wie ihre Zähne. „Tut mir leid!“

„Nichts dagegen, wenn du dich amüsierst, überhaupt nichts dagegen!“ Es sollte nicht gönnerhaft klingen, und er lächelte schnell, fühlte das Lächeln mitten in seinem Gesicht. Lächelnd sagte er: „Was, wenn du – ich meine, wenn es war – also wenn du in dieses Zimmer kommst, was denkst du dann? Denkst du, da lag er?“ Lächelte angestrengter, redete schon längst mit sich selbst. „Da lag er und starb.“

„Daß du es weißt, ich halt dir den Mund zu, wenn du nicht aufhörst damit, damit du es weißt!" sagte sie.

„Früher hast du mich immer geküßt, wenn ich dummes Zeug geredet hab", sagte er.

„Gut, dann küß ich dich", sagte sie. „Ist mir auch lieber so!" Sie küßte ihn. „Gut so?"

Ehe er etwas erwidern konnte, küßte sie ihn schon wieder und bei ihren Küssen fühlten sich seine Lippen spröde an, spröde und wie gegerbt, und er bewunderte sie, weil sie ihn so küßte, wie eine Frau einen Mann küßt. Er hatte nicht erwartet, daß sie das tun würde, hatte nicht erwartet, daß sie nicht aufhören würde, ihn zu küssen, und er preßte die Lippen zusammen, hielt sie fest geschlossen, um nicht zu schreien, vor Glück und vor lauter Liebe, weil sie das nicht verstanden hätte, hätte sie gerne umarmt, an sich gedrückt, all das getan, was Männer und Frauen tun, um einander ebenbürtig zu sein. Irgendwann kicherte sie ein bißchen, und die Gelegenheit war da, ihr es zu sagen, daß er sie liebe.

„Red lieber dummes Zeug", sagte sie.

„Ich liebe dich aber", sagte er.

„Das sagst du nur, damit ich dich nicht mehr küsse", sagte sie.

„Ich hatte Glück, daß ich dich hatte, was?" Sie gab ihm wieder einen Kuß, und er sagte: „Da lag er und starb. Klingt unglaublich!"

„Wirklich, Tom, so was sollst du nicht sagen."
„Nein, wahrscheinlich nicht."
„Nicht zu dir und nicht zu mir."
„Zu dir schon gar nicht."
„Nicht einmal denken sollst du so was, Tom, nicht einmal denken. Bitte!"
„Gut", sagte er.
„Das schöne Wetter soll so schön bleiben", sagte sie.
„Tatsächlich?" sagte er.
„Die Vögel draußen", sagte sie, „sind wie außer Rand und Band."
„Sei still!" sagte er. Und als sie ihn fragend ansah, sagte er: „Ich möchte dich atmen hören!"
Sie hielt sich die Hand vor den Mund, vor die Augen, eine einzige Bewegung.
„Ich hab so oft deinem Atem zugehört, Linda, und es war immer so, als würde ich eine Art Musik hören – unsern Lieblingssong, verstehst du? *The first time ever I saw your face…*"
Sie nickte, jetzt erst.
„*I thought the sun rose in your eyes*", sagte er.
„*And the moon and stars were the gifts you gave*", kam ihre Stimme, weich, dunkel.
„*To the dark and the endless sky, my love…*", sagte er.
„*My love*", sagte sie, legte ihm einen Finger auf die Lippen.

Als sie diesen Song zum ersten Mal gehört hatten, Linda und er und Jack – aber wo? fragte er sich, wo, verdammtnochmal, war das gewesen? –, da war ihnen der Song zugewachsen wie ein zweites Herz, das sie voreinander geheim zu halten trachteten, weil es zu weh tat und zu wenig Platz hatte in ihnen. Er erinnerte sich jetzt entfernt an eine machtvoll scheinende Sonne, ihre Strahlen wie ineinander verschmolzen, Bündel sengenden Lichts, an roten Staub, den ein hart gehender Wind wie geriffelte Wellen über den Fahrweg jagte, erinnerte sich, daß jemand, Linda oder Jack, jedenfalls einer von beiden, das Autoradio laut gedreht hatte, fast bis zum Anschlag, und hinterher, als der Song zu Ende gewesen war, hatte er aussteigen müssen, weil er das Bedürfnis hatte, einen Moment allein zu sein. Er hatte sich an den Kotflügel gelehnt und hatte geatmet wie beschenkt. Neben dem Fahrweg erstreckten sich steinige Äcker, auf denen Männer mit zottig wallenden Bärten wie im Schatten eines unsichtbaren Kreuzes arbeiteten. Zwischen den Erdschollen glitzerte Salz, und eine Möwe schrie, als würde sie durch ihre Schreie höher getragen. Und dann, als er die Möwe nicht mehr sah, erinnerte er sich, war Linda ebenfalls aus dem Wagen gestiegen, hatte ihn umarmt – und sie hatten sich angestarrt wie zwei Fremde, die ihr Glück als zufriedenstellend empfanden, obwohl sie die Botschaft des Songs begriffen hatten und erkannten, daß alles irgendwann zu Ende sein würde mit ihnen und zwischen ihnen, das Belanglose ebenso wie das Kostbare, und daß Liebe und Leid sich jeweils gegenseitig mit dem Schatten des anderen schützten.

„*My Love*“, sagte er, mit ihrem Finger auf den Lippen, dachte, jetzt nicht, jetzt bitte nicht, als draußen der Köter zu kläffen begann, weil es ihm nicht gefiel, daß der junge Cazzanelli im Autoradio auf einen anderen Musiksender wechselte.

In seinem Kopf herrschte ein ständiges Kommen und Gehen. Weiß und Schwarz wechselten sich ab mit den Farben des Schlafs, der oft nur Sekunden währte und schmucklosen Träumen von einem Leben Platz gewährte, das sich heillos in einer Vergangenheit verstrickte, die immer schneller verging. Ob das gut oder schlecht war für ihn, wußte er nicht zu sagen, weil er die Zeit, die ihm blieb, an Linda maß und daran, wie sie sich fühlte wegen ihm: auf diese Art offenbarte sich ihm der Nennwert des Schicksals. Linda war seine Sonne, Dr. Olsen sein Mond. Aber was war er? Welches Gestirn? Welches zerfallende Gestirn? Auf welcher Reise wohin? Das Nichts gab es nicht, aber was dann?

Mit einem servilen Knacken schaltete sich der Anrufbeantworter ein. Jack steckte noch immer im Stau. Seine Stimme klang fürsorglich, als er sagte:

Fünf Minuten, Leute! Dann bin ich bei euch. Fünf Minuten sind die kürzeste Ewigkeit, die ich kenne. Ich weiß nicht, was los ist mit mir und dem Rest der Welt, aber ich fühle mich ausgesprochen unternehmungslustig heute. Hört mal, wir könnten ins Grüne fahren und picknicken. Ich mach Stop am nächsten Supermarkt. Bier oder Wein, Tom? Dein Freund Jack trinkt alles, das ist nicht das Problem. Aber was trinkst du, Linda? Weiß oder Rot? Und was darf Tom essen? Was darfst du essen, Tom? Ich kann Fertigsalat kaufen, aber ich meine, Wurst und Käse tun es auch, oder?

Tom sah sich im Gras sitzen, bis zum Hals im Gras, während der Erdboden unter ihm langsam einsank.

Sie gingen vor ihm in die Hocke, fütterten ihn, Wurst und Käse, tränkten ihn, Weiß oder Rot. Sie lächelten, wenn er brav schluckte, freuten sich.

„Jack", sagte Tom.

„Ja, Jack", sagte Linda.

„Der gute alte Jack", sagte er.

„So alt ist er noch nicht", sagte sie.

„Der gute alte Jack, wie er leibt und lebt", sagte er.

„Fühlst du dich wirklich fit genug für Jack?"

„Aber immer", sagte er.

„Komm schon", sagte sie.

„Ich schäme mich so!"

„Wofür willst du dich schämen?"

„Für meine Gedanken", sagte er, „und für meine Gefühle. Aber mehr für meine Gedanken. Weißt du, meine Gedanken sind wie nicht von mir."

„Was wolltest du eben sagen?"

„Ich wollte sagen, daß ich mir wünschen würde, im Schlaf zu sterben. Schlimm?"

Sie nahm den Finger weg und betrachtete ihn, leckte die Kuppe mit der Zunge. „Schmerzen?"

Er schwieg.

„Ich hab dich gefragt, ob du Schmerzen hast?"

„Wo?" fragte er.

„Ich ... ich will nicht, daß du Schmerzen haben mußt!" sagte sie.

„Schau", sagte er, „ich kann atmen, ohne daß es weh tut."

„Du bist ein starker Mann", sagte sie.

„Ach, Linda", sagte er, „Linda."

„Ich bin stolz auf dich", sagte sie.

„Das hat dir der Doktor gesagt, daß du das sagen sollst", sagte er.

Sie ging nicht darauf ein. „Möchtest du versuchen, ein bißchen aufzustehn?"

„Zum Klo und zurück", sagte er.

„Tom", sagte sie, „laß uns bitte Menschen bleiben."

„Ist wie Eisen da drinnen. Wie eiskaltes Eisen. Brennt. Manchmal blau, manchmal orange. Eisen, zwei Blöcke. Mit eisernen Stacheln gespickt. Rutschen mir im Kopf herum, wie die Steine am Grund der Flüsse. Ungefähr so. Ein Gefühl, als würde der Kopf einen Mond gebären. Ich würde lügen, wenn ich könnte. Wenn lügen alles leichter machte. Macht es aber nicht."

„Ich krieg's mit der Angst, wenn du so redest, Tom, weißt du!"

„Wie red ich?"

„Du weißt, was du sagst."

„Tu ich das?"

„Manchmal bist du wirklich nicht zum Aushalten."

„Wenn's dir lieber ist, reden wir nicht."

„Früher hast du nie so geredet, so …"

„So?"

„So fast wie von woanders", sagte sie.

„Mir geht alles durch den Kopf", sagte er. „Alles mögliche."

Plötzlich sagte sie: „Weiß oder Rot?"

„Wurst und Käse", sagte er.

„Weiß oder Rot? Sag schon", sagte sie.

„Jack weiß schon, was gut schmeckt."

„Er hat uns gefragt, Tom!"

„Jack ist ein Genießer", sagte er.

„Wie du das sagst", sagte sie.

„Jack genießt das Leben", sagte er.

„Was soll er deiner Meinung nach sonst tun?“

„Was gehn mich eure Alkoholprobleme an?“ sagte er. Als keine Antwort kam, sagte er: „Linda?“

„Ich bin da“, sagte sie.

„Jack macht das schon“, sagte er, „zerbrich dir nicht den Kopf.“

Sie gab klein bei, nickte, küßte ihn, wie um Vergebung heischend, auf die Stirn. „Dein Bart riecht“, stellte sie fest.

„Tatsächlich?“

„Nach Müsli und Limonade“, sagte sie.

„Immer noch besser als nach Lippenstift“, sagte er.

„Gefällt dir mein Lippenstift nicht?“

„O doch“, sagte er.

„Nicht zu süß?“

„Muß ich ihn essen?“

„Rot oder weiß?“ fragte sie.

„Was?“ fragte er.

„Mein Lippenstift“, sagte sie.

„Einem Blinden wäre er vielleicht ein bißchen zu blaß.“

„Dann hoffen wir mal, daß Jack nicht blind ist.“

„Hey?“ sagte er.

„Tut mir leid, Tom“, sagte sie.

Doktor, dachte er, gibt es Infusionen gegen Liebeskummer?

Sagten Sie Liebeskummer? Ist es nicht vielleicht eher Abschiedsschmerz?

In allem spürt man das Herz. Selbst im größten Schmerz. Reimt sich, dachte er, sagte:

„Weißt du, Linda, was mich am meisten betrübt? Daß ich immer vor dir einschlafe! Und immer, immer denke ich mir, warte, warte, bis sie schläft, schau sie an im Schlaf, träume davon, wie sie aussieht im Schlaf, es ist so schön. Aber dann schlafe ich vor dir ein. Voller Angst, nicht mehr aufzuwachen – dich nie mehr wieder zu sehn."

„Ich glaube, das würde ich merken", sagte sie. „Ich glaube, ich würde dich wecken."

„Ich liebe dich, Linda", sagte er. „So gut ich noch kann! Linda?"

„Hm?"

„Leb dein Leben, versprich mir das!"

Fast hastig fingen sie an, sich anzufassen, anfangs zögerlich, ungläubig. Das Laken verschob sich, als sie sich zu ihm rollte, und er berührte sie dort, wo sie Frau war, durch den Rock, die Bluse, deren Stoff im Zimmer leuchtete wie eine zarte frühe Wolke, die von der aufgehenden Sonne über die Morgennebel geschleudert wird, streichelte ihre Hände und führte sie weg von dem Kästchen und dem Gurt um seinem Bauch. Es war nicht mehr möglich, das Normale zu tun, ein Fleisch zu sein, verwirrt vom Üblichen, und sie sahen ihren Händen zu, die sich betasteten. Das Ende fand in der Erinnerung statt, und so geschah ihre Annäherung aus einer mild pochenden Sehnsucht heraus, die ohne jenes brüllende, tobende Echo des Fleisches aus den Urtagen der Jugend war, und es hätte durchaus sein können, daß die Wärme des anderen unter der dünnen, brüchigen Schicht der Lust bis zuletzt an einem haften bliebe und daß einen der Atem des andern begleiten würde, hinaus, oder hinein. Sie spürten ihre Finger, heiß, trocken, ineinander verkrallt, spürten den verzweifelten Wunsch, sie könnten die Umhüllung ihrer Körper durchdringen und ihre Grenzen für null und nichtig erklären und hatten die ganze Zeit die unbestimmte Furcht, sich für einen Augenblick zu ähnlich zu werden. Er war schwach und am Ende. Nur noch ein Schatten desjenigen, der er einst war. Er spielte mit ihrem Haar, und die Seidigkeit ihres Nackens entzückte ihn. Ihre Zärtlichkeit war wie eine Wegzehrung. Unterwegs würde er die Küsse zählen, die er bekommen hatte. Dann nahm er ihre Hände, schwer waren sie und so schön, und er küßte sie, kniff die Lider zusammen und gab auf. Die Pumpe arbeitete einwandfrei, und er hätte ohne Schwierigkeit über seine Gefühle nachdenken können. Aber Linda lag neben ihm und sah ihn an. Mit welchen Augen.

„Schau mich nicht so an“, sagte er.

„Wie?“ fragte sie.

Er sah, daß sie nicht nackt war, nirgends. Ihre Haare lagen auf dem Kissen, bildeten einen Kranz um ihr Gesicht. Er hatte es nicht einmal fertiggebracht, ihr den Büstenhalter aufzuhaken.

„So hast du dir das also gedacht", sagte er.

„Ja", sagte sie.

Sie lächelte, und er lächelte, wie das Echo ihres Lächelns, wartete auf den Schmerz, den grausamen Blitz, der in ihn einschlüge wie aus dem Nichts, ihn spaltete durch und durch.

„Wir sind verrückt", sagte er.

„Na und?" sagte sie.

Und sie sagte das ganz nett und ganz zart. Er dankte Gott, daß es Mittel gab gegen Schmerzen. Daß er leise Danke sagen konnte, ohne mitten im Wort zusammenzuzucken. Durchs Fenster schimmerte die Sonne, von Blattschatten gesprenkelt. Es war ein schöner Anblick, er sagte es Linda.

„Ich liebe dich", sagte sie.

„Sei mir bloß nicht treu", sagte er, „ sei mir verdammtnochmal bloß nicht die ganze Zeit treu, wenn ich..."

In diesem Moment kam der Schmerz, und er drückte den Knopf, zwei-, dreimal, und der Schmerz verflachte, zog sich weit in ihn zurück. Aber sie hatte es bemerkt, sprang auf.

„Ruf jetzt bitte nicht den Doktor an", sagte er.

„Ich ruf ihn nicht an", sagte sie.

„Es geht mir ganz gut", sagte er.

„Ich hab's nicht vorgehabt", sagte sie, „ich hab's wirklich nicht vorgehabt."

„Wahrscheinlich glaubst du, ich bin bloß durcheinander."

„Würd' mir nichts ausmachen."

„Bin ich aber nicht."

„Hab ich überhaupt nicht gedacht."

„Ich kann denken, ohne mich im Kopf zu drehn wie die Erde", sagte er. „Was ich damit sagen will, ist, daß ich einfach weniger Angst habe, wenn du bei mir bist."

„Ich bin bei dir", sagte sie.

„Ja", sagte er.

„Und da bleibe ich", sagte sie, „da bleibe ich."

„Aber dann?" fragte er.

„Ich geh nicht weg", sagte sie.

„Du mußt dir nichts antun, nicht im geringsten", sagte er.

„Ich hab gesagt, was ich gesagt hab", sagte sie.

„Besser, du versuchst zu sterben, bevor du alt wirst", sagte er.

„Tom!" sagte sie.

„Bevor du krank wirst", sagte er.

„Tom, bitte!"

„And the first time ever I lay with you", sagte er, *„I felt your heart so close to mine…"*

Er dachte an seine eigenen Worte, aber sie fielen ihm nicht mehr ein. Und dann fielen ihm auch andere Worte nicht mehr ein, jene, die man immer sagt.

„Tut weh! Atem!" sagte er.

Sie war sofort da, lenkte seine Hand zum Knopf.

Verschwendung, dachte er. Ein einziges Wort.

„Wie schau ich aus?" fragte er sie, als es ihm wieder besser ging.

„Moment", sagte sie, „ich bring dir einen Spiegel!"

„Wenn's dir nichts ausmacht", sagte er. Als sie hinausgegangen war, schrie er: „Gehn Sie zum Teufel, Dr. Olsen, oder ich küsse Sie!"

Sie machte kehrt. „Was hast du gesagt?"

„Wenn's dir nichts ausmacht", sagte er.

Er hörte, wie sein Atem aus ihm hinausströmte. Linda hielt ihm einen Spiegel vors Gesicht. Das Glas beschlug sich und er sah sich wie hinter einem Film aus Eis. „Das Graue da", sagte er, „das sind meine Haare? Oder ist das mein Bart, Linda? Sag mal, wieviel Haare hab ich noch? Einszweidrei?"

„Schon fertig", sagte sie.

Er versuchte zu grinsen, biß sich auf die Lippen, aber er war gleich weg, der Schmerz, als er den Knopf an der Pumpe drückte, und als er sich entspannt hatte, hatte er nichts dagegen, daß sie ihn hochachtungsvoll wie ein kleines Mädchen küßte. Der Spiegel rutschte ihm aus der Hand.

„Hey, noch mal!" sagte er.

„Okay, okay", sagte sie.

„Weißt du was, ich steh auf."

„Wirst du nicht!"

„Ich steh auf und spring durchs Fenster."
„Und dann?" wollte sie wissen.
„Dann? Dann geh ich in die Stadt, laß mir die Haare schneiden. Der Spiegel war doch in Ordnung, oder? Hab ich wirklich graue Haare bekommen?"
„Du bist und bleibst mein Baby", sagte sie. „Auch mit grauen Haaren."
„Bäh", machte er. Gib mir deine Brust, dachte er. Milch, weiß oder rot, Leben…
„Du bleibst für mich der, der du immer gewesen bist", sagte sie.
„Weißt du was?"
„Sag's mir!" sagte sie.
„Weißt du was", sagte er, „ich war nicht nur einmal in dich verliebt, sondern ein paarmal. Ich hab dich so was von geliebt, Linda, immer wieder anders, immer wieder wie eine andere. Ich bin dir verdammt sehr dankbar für alles, weißt du das?"
„Warum hörst du nicht auf, uns fertigzumachen?" Sie zwinkerte mit einem Auge, schaute verlegen in den Spiegel.
„Endlich kann ich dir das mal sagen", sagte er.
„Schon gut, Tom", sagte sie.
„Wie geht's dir?"
„Mir geht's gut!"
„Das sagst du nur, damit ich nicht mehr frage", sagte er.
„Im Vergleich zu dir geht's mir gut."

„Im Vergleich zu mir ist das kein Kunststück."

„Ich danke Gott, daß ich dir helfen kann."

„Deine Gesundheit ist alles, was ich habe."

„Sag sowas nicht, wenn Jack da ist", sagte sie.

„Schon gut", sagte er. „Wie's aussieht, kann ich demnächst sowieso nicht mehr sprechen. Oder weiß nicht mehr, was ich sage. Ob ich überhaupt etwas sage, und ob du das verstehst oder nicht. Würd' gern wissen, was meine letzten Worte sind. Was möchtest du hören?"

Sie legte ihm eine Hand auf den Mund, ein paar Barthaare schoben sich ihm zwischen Lippen und Zähne.

„Hätt' ich nicht sagen sollen, hm?"

„Nein", sagte sie, und er war ihr dankbar, daß sie nur Nein sagte.

Sie ging zum Telefon, hob den Hörer ab, legte wieder auf, als hätte sie kontrolliert, ob die Leitung tot sei.

„Tut mir leid!" sagte er.

Sie drehte sich nach ihm um. „Also manchmal redest du, als würd' ich dich nicht kennen."

„Du sagst Tom zu mir", sagte er.

„Was?" sagte sie, weil hinter ihr das Telefon läutete.

„Geh ran", sagte er, aber auch das hörte sie nicht.

Er dachte, das Ding im Kopf ist das Fremde, das einen Fremden aus mir macht. Als sie den Hörer abhob und mit ihm ihr Haar hinters Ohr streifte, war es um ihn geschehen. Er sah sie kaum noch durch das Schimmern seiner Augen dort drüben, wo er einst mit Kollegen und Freunden telefoniert hatte, mit ihr, wenn sie unterwegs gewesen war, dreimal in der Stunde und egal, wo auf der Welt.

Er preßte Atem in seine Stimme. „Weißt du noch, wie es anfing? Ich glaube, es fing an, als ich plötzlich nicht mehr mit dir schlafen konnte, weißt du noch? Ging irgendwie nicht mehr. Ich hab davon geträumt, mit dir zu schlafen und im Traum war es fast möglich, mit dir zu schlafen, aber wenn ich dann wach wurde, war nichts los an Ort und Stelle. Erektile Dysfunktion, Dr. Olsen? Dann die Diagnose: Gliobastom – der Name meines Feindes! Aber sogar seinen Namen werd' ich vergessen. Linda", rief er, sah, wie sie ihm zuwinkte, dann den Finger auf ihre Lippen legte, aber er mußte es ihr sagen, jetzt oder nie: „Ich mag es, aufzuwachen. Aufzuwachen und im nächsten Augenblick deine Augen zu sehen. Ich lebe für diese Sekunde. Diese Sekunde bereitet mich auf den Schmerz vor. Ich sage Schmerz, aber das ist nur ein Wort, im Grunde ist es etwas, das aus unzählig winzigen Schmerzen besteht – und täglich kommen neue dazu: die Armee meines Feindes! Du hilfst mir, gegen alle zu kämpfen. Aber es werden immer mehr, Linda, immer mehr… Und wir werden jeden Tag schwächer."

„Soll dich von Jack grüßen", sagte sie.

„Glaub mir bloß nicht jedes Wort", sagte er.

„Jack kommt dann vorbei, er möchte uns fotografieren", sagte sie.

„Kenn ich ihn?"

„Jack, Tom, Jack!" sagte sie.

„Jack, Tom, Jack!" sagte er.

„Jack ist dein Freund", sagte sie. „Weißt du das nicht mehr?"

„Jack ist auch dein Freund", sagte er schroff. „Deiner und meiner und weiß Gott, welche Leute er sonst noch kennt. Jack hat Freunde auf der ganzen Welt. Und sie sind am Leben, nicht wahr?"

„Wenn's dich zu sehr anstrengt, sag ich ihm ab", sagte sie. „Jack kann kommen, wenn's dir wieder besser geht."

„Du hast seine Nummer?"

„Natürlich haben wir Jacks Nummer."

„Und du hast sie im Kopf?"

„Was soll das?" sagte sie.

„Er möchte uns fotografieren, sagst du?"

„Nur wenn du nichts dagegen hast."

„Na schön, was sollte er sonst tun? Den Rasen mähen?"

„Jetzt ist es aber gut, Tom!"

„Und warum möchte Jack uns fotografieren?"

„Frag ihn selber", sagte sie.

Sie ging zum Fenster und sah hinaus. Der Hund mußte sie bemerkt haben, denn er begann zu bellen. Sie ging vom Fenster weg, und der Hund hörte auf. Die Stille war wie ein Schnitt.

„Bleibt er länger?“ fragte er.

„Was meinst du mit länger?“

„Na ja, bis ...“

„Hör mal, Tom, Jack macht nichts weiter als ein paar Fotos, dann haut er ab.“

Das Telefon läutete wieder, diesmal nahm sie ab. „Oh, Dr. Olsen, hallo!“ Sie wedelte mit dem Hörer in der Luft.

„Hallo, Tom! Alles in Ordnung? Wie geht's Ihnen zu Hause?“

„Was möchten Sie hören?“ rief er.

„Wie wär's mit der Wahrheit?“

„Wie Sie wünschen, Doktor!“

„Wie sind Sie mit der Pumpe zurechtgekommen, Tom? Irgendwelche Beschwerden?“

„Könnte ich nicht sagen.“

„Sie scheinen ja das Maschinchen ganz gut zu vertragen“, sagte Dr. Olsen.

„Ich spür nichts. Nichts außer dem Stich, den Sie mir verpaßt haben. Und den auch nur, wenn ich mich kratze.“

„Also beschwerdefrei“, sagte Dr. Olsen.

„Ich hab Linda gesagt, mit dem Ding seh ich aus wie der Gasmann!“

„Haben Sie was gegen Gasmänner?“

„Nein“, sagte er, „nur was gegen Ärzte, die den Gnadenspender spielen.“

„Hab ich irgendwas Falsches gesagt, Tom? Würde mir leid tun!“

„Sie tun, was Sie können.“

„Wir tun alle, was wir können.“

„Und alles nur für mich.“

„Richtig“, sagte Dr. Olsen.

„Ich hab keine Schmerzen“, sagte er.

„Sie und Ihre fantastische Kondition“, sagte Dr. Olsen.

„Aber Scheißangst, daß sie wiederkommen“, sagte er. „Jetzt, später, egal.“

„Dafür gibt’s schließlich mich, Tom!“

„Es wird zuviel für Tom“, sagte Linda zu Dr. Olsen.

„Zuviel was?“ brüllte Tom. „Zuviel Leben oder was?“

„Möchten Sie, daß ich vorbeikomme, Tom?“

„Jack kommt dann vorbei.“

„Das ist nett von Jack.“

„Ich hab nichts gegen Jack.“

„Man kann nie genug Freunde haben.“

„Kennen Sie Jack?“

„Nicht persönlich“, sagte Dr. Olsen.

„Jack ist Fotograf. Ziemlich bekannt, der Kerl!“

„Ich hab ein paar seiner Arbeiten gesehen und weiß, daß er Ihr Freund ist“, sagte Dr. Olsen.

„Freund und Fotograf“, sagte Tom.

„Spielen Sie mir bloß nicht mit dem Ding rum, Tom!“ sagte Dr. Olsen betont väterlich.

„Ich laß die Finger davon", sagte er, „alle hundertzehn!"

Linda mischte sich jetzt ein, widersprach: „Er spielt die ganze Zeit mit dem Ding rum. Unter der Decke, Doktor. Glaubt, ich merke es nicht, aber ich merke es."

„Hören Sie, Tom", sagte Dr. Olsen, „ich habe, was ich genaugenommen nicht dürfte, Linda instruiert, wie man die Zufuhr erhöht – für den Fall, daß Sie mehr brauchen."

„Zeig's mir!" sagte er zu Linda.

„Später", sagte Linda.

„Alles zu seiner Zeit, Tom", sagte Dr. Olsen.

„Nein", sagte er, „jetzt!"

Er deckte sich auf, drückte fordernd den Knopf, obwohl er nichts spürte, gar nichts, rieb mit dem Daumen das Display sauber, damit sie die Ziffern besser lesen konnte, an denen die Erträglichkeit seines Lebens und das Vergessen seiner selbst hing.

„Ich kann das nicht", sagte sie, faßte das Ding nicht an.

„Versuch's", sagte er, „dann fühlst du dich sicher."

„Scheiße", sagte sie.

Sie kniete nieder und nahm den Knopf zwischen die Finger, sah aus wie eine Pilotin.

„Gib bißchen mehr!" sagte er.

„So?"

„Dreh auf, Linda!“ sagte er. „Bis zum Anschlag!“

„Tom, bitte!“

„Volle Pulle!“

„Bitte!“

„Gib mir die volle Ladung!“

„Hauptsache, die Schmerzen gehn weg! Nicht wahr, Tom, sie gehn doch weg? Ich könnte es nicht aushalten, wenn du Schmerzen leiden müßtest.“

„Dauert keine Sekunde“, sagte er.

„Was? Was dauert keine Sekunde?“

„Weg zu sein“, sagte er.

„Wie weg?“

„Weg, am Ende, wie man so sagt, wenn man keine Ahnung hat. Oder am Anfang, je nachdem. Da draußen irgendwo. Wo man wie unter Wasser fliegt.“

Mit einem sanften Ruck deckte sie ihn zu, stand dann neben ihm und sah auf ihn hinunter, verstört, ihre Augen Lichter im Sturm. Er versuchte, nach ihren nackten Knien zu greifen, schaffte es aber nicht. Nach einer Weile, in der ihm Taubheit bis in die Schulter kroch, ließ er die Hand fallen. Mit einem knöchernen Knall landete sie auf dem Boden neben der Matratze, und er sah sie dort liegen, wie aus einer nächtlichen Wüste gerettet, in der ein rollender Mond die Schatten jagt, die Finger leicht gekrümmt, die Nägel von einem fahlen, sanften Gelbton. Sie bückte sich nach seiner

Hand, legte sie ihm auf die Brust, nur die eine, und das war gut.

„Hat Dr. Olsen dir gesagt, daß alles ganz schnell geht?"

„Ich red nicht hinter deinem Rücken", sagte sie.

„Wie schaut er denn aus, mein Rücken? Mager, krumm?"

„Du bist schön", sagte sie.

„Und mein Hintern, hm?"

„Du bist das, was ich sage!"

„Ich hab mich im Spiegel gesehn...", fing er an.

„Du gefällst mir, das vergeht nicht", sagte sie.

„... wie hinter einem Wasserfall aus Milch." Er schlug gegen die Wand, und der Hund bellte, und er schlug wieder gegen die Wand, hätte auch mit der anderen Hand um sich geschlagen, wenn Linda sie nicht festgehalten hätte.

„Da ist niemand, Tom", sagte sie.

„Wo?" sagte er.

Mit aller Kraft versuchte er hochzukommen, sank zur Seite, gegen die Wand.

„Hallo, Doktor! Pumpen Sie!" flüsterte er. „Na los, pumpen Sie mich voll! Mit allem, was Sie haben!"

Zu der Angst vor den Schmerzen, die fast schon ein eigener Schmerz war, gesellte sich jetzt die Angst vor der Angst. Vergänglich, auch so ein Wort, das nicht flüchtiger wurde dadurch, daß man es laut aussprach. Gegen Vergänglichkeit gab es keine Chemotherapie. Auf einmal wurde er ganz ruhig, sagte: „Ich liebe dich! Ich sag dir auch, wie sehr!“ Er sog Luft durch die Zähne. „Wie sehr ich dich liebe! O Gott!“

Jack meldete sich wieder:

> Hat ein bißchen länger gedauert im Supermarkt. Hab eine nette Frau getroffen, wirklich nett und so, hab Fotos von ihr gemacht. Hat meinen Namen nicht gekannt, aber macht nichts. Die Ärmste hat einen Job gesucht. Soll ich wegen ihr meine Assistentin entlassen? Übrigens, meine neue Assistentin heißt Odette. Aber ich habe trotzdem nichts mit ihr. Jedenfalls nichts, was der Rede wert wäre! Da seht ihr mal, welche Probleme ich habe. Vergessen Sie alles, was Sie je über Jack Magistro gehört haben, wenn er keine Probleme hatte! Du hast es gut, Tom, du hast Linda, deine Linda, und du, Linda, du brauchst keinen Job. Ach ja, ich hab uns Weißen und Roten besorgt, französischen Käse, italienische Wurst, und ich hoffe doch sehr, das Zeug hält sich, bis ich bei euch bin. Hat eine halbe Stunde gebraucht, bis ich einen Parkplatz gefunden habe. Und im Supermarkt war ein Stau an den Kassen. Es staut sich bis

zum Mond, und Laika bellt rund um die Welt. Wauwau!

„Klang schon ziemlich nah“, sagte sie.

„Mond, wette ich“, sagte er.

Sagte es hinter ihrem Rücken. Sie hatte das Fenster geöffnet, hatte sich ein Stück hinausgelehnt, und der Hund schien die ganze Zeit nur darauf gelauert zu haben, denn er begann sofort mit schriller Stimme zu bellen, und erst als der junge Cazzanelli an der Karosserie herumhämmerte, gab er auf, winselte nur noch. Über Lindas Kopf sirrte eine Fliege herein, metallisch schillernd, und als er ihren brummenden Flug mit den Augen verfolgte, bemerkte er, daß mit ihr ein Schmetterling hereingeflogen war, seine blassen Flügel fast bläulich vom Licht und an den Rändern mit safranfarbenen Flecken verziert. Während die Fliege Kreise unter der Decke zog, landete der Schmetterling auf der Lampe, wippte mit den Flügeln und verharrte dann reglos. Er knipste die Lampe an, aber der Schmetterling flog nicht auf.

„Kommt Jack?“

„Noch nicht“, sagte sie.

„Wir haben Gesellschaft bekommen“, sagte er.

Die Fliege war lauter als die Pumpe, lauter als der Krach draußen. Er hätte gerne geduscht, wäre gerne spazierengegangen und hätte sich hinterher geduscht und mit Linda getanzt und mit ihr geschlafen, statt hier zu liegen und die Tiere zu beobachten, die zum Fenster hereinflogen. Warum mußte gerade er es sein, dem die Rolle des Kranken zugefallen war, der plötzlich anders lebte, anders starb als die Leute, die nicht krank waren? Anders als Linda, anders als Jack und ganz anders als Dr. Olsen zum Beispiel, weil er, Tom, nicht sein eigener Arzt sein konnte und weil er, Tom, Hilfe brauchte? Und daß er Hilfe brauchte, empörte ihn, sobald ein Bruchteil seiner alten Stärke zurückkehrte. Er fühlte sich vom Schicksal herausgefordert. Eleganz und Grazie waren in diesem Kampf nicht gefragt. Da lag er, kapitulierte vor einem kläffenden Köter, und die Nachbarn nebenan waren Tagesreisen entfernt. Der Motorenlärm, der ab und zu hereindonnerte, begleitet von fetzenden Beats, brachte einen Hauch unmenschlicher Gewöhnlichkeit. Großer Gott, das einzige Wunder sind wir! Im Frühling blühen die Blumen auf dem Grab.

„Du starrst dir noch die Augen aus nach diesem Jack", sagte er.

Sie schloß das Fenster, und das Licht schien schwächer, ferner, sank in den Horizont. Der Schmetterling erbebte wie unterm Schlag einer Bö.

„Laß mich in Ruhe", sagte sie.

„Gern", sagte er. „Soll ich mich schlafend stellen?"

„Nur einmal!" sagte sie. „Wie wär's mit jetzt?"

„Du hättest mich dortlassen sollen", sagte er.

„Wir leben, Tom, wir leben jetzt und hier! Das ist Leben, verstehst du, das Leben!“ Die Fliege lief hurtig die Fensterscheibe hinauf, pulsierend vor der fahlen Bläue des Himmels. „Aber das verstehst du nicht“, sagte sie.

„Natürlich nicht“, sagte er,

„Natürlich nicht“, äffte sie seinen Tonfall nach, und ihre Augen glitzerten.

Die Angst schafft es, daß du dich vollkommen fühlst, vollkommen erfüllt von Angst. Du spürst das Gewicht deines Blutes, spürst deine Nerven wie verklumpt. *Der perfekte Patient, nicht wahr, Dr. Olsen?* Er weinte. Er wußte nicht, warum. Es gab so viele Gründe, daß es egal war. Aber der Schmetterling, dachte er. Was macht er, wenn es Nacht wird? Aber es wurde nicht Nacht. Linda stellte den tragbaren Fernseher ans Fußende der Matratzen, holte mit der Fernbedienung fremde Gesichter und Gegenden herein. Als sie auf den Kanal mit ihrer Lieblingswetterkarte zappte, war überall Sonne, große, runde, heiße Sonne, gelb und gezackt wie der Kopf einer Sonnenblume, und als würde das allein noch nicht gereicht haben, war überall blauer, wolkenloser Himmel. Wo das Kästchen auf der Haut auflag, sammelte sich Schweiß, aber er sagte nichts. Linda las ihm die Temperaturtabelle der Hauptstädte vor, und als der Name der Stadt fiel, in der sie waren, dachte er an die Fahrt im Taxi heute morgen, die jetzt schon so weit zurücklag, und wie er beim Aussteigen eine Blüte vom Blauen Hibiskus gezupft hatte und wie sie sich angefühlt hatte in seiner Hand, eine duftende Membran, die all die Dinge durchließ, die leiser als das Schweigen waren. Die Nachrichtensprecherin redete weiter, obwohl ihr die Fliege übers Gesicht krabbelte. Linda entdeckte sie jetzt, schlug nach ihr, erwischte sie beim ersten Mal. Das Bild wackelte. Sie stand auf, ging hinaus, holte in der Küche ein Papiertuch, wischte die Schmiere vom Bildschirm, dann ging sie sich die Hände waschen. All das dauerte seine Zeit, in der sie von Jack nichts hörten und sahen. Er starrte den Schmetterling an, der zu schlafen schien, vergaß ihn, als Jack hereinkam, und er hatte ihn nicht gehört, hatte ihn nicht gehört.

II.

„Als wär' nichts gewesen“, sagte Jack.

Tom kam nicht einmal dazu, zu nicken.

Jack legte die zerbissenen Bücher, die er von draußen hereingebracht hatte, auf den Tisch, wirbelte die Atmosphäre auf, als er sich bückte und Tom spielerisch am Bart zupfte. „Doctor Desmond, I presume?“ sagte er, irgendwie verschwörerisch. Dann kniete er neben ihm nieder und umarmte ihn. Tom spürte den Druck der Kamera am Brustbein, als Jack ihn ein bißchen aufrichtete. Er achtete darauf, daß Jack nicht aus Versehen an die Pumpe anstieß. Jack rutschte auf Knien einen halben Meter rückwärts und fotografierte ihn.

„Tut mir leid, daß ich nicht früher kommen konnte“, sagte Jack.

„Hast du schon gesagt“, sagte Tom.

„Es ging auch so“, sagte Linda.

Jack erhob sich, ging zu Linda, nahm sie in den Arm.

„Jack?“ sagte Tom.

„Jack, ja, Jack!“ sagte Linda.

Irgendwie stolz hörte es sich an.

Jack war da. Sein Jack. Und Lindas Jack.

„Darf ich Linda sagen, daß sie blendend aussieht?“

„Sie weiß es, Jack“, sagte Tom.

„Sagst du's ihr auch oft genug?“

„Macht er“, sagte Linda.

„Sehr vernünftig“, sagte Jack.

Er gab Linda einen Kuß auf die Wange, unglaublich behende.

„Hey“, sagte er dann, „ich hab Linda geküßt.“

„Ich hab’s gehört“, sagte Tom.

„Wie oft?“

„Zweimal!“

„Das Echo!“

„Jack?“ sagte er.

„Ja?“

„Hörst du was?“

„Nicht, wenn du mich was fragst!“ sagte Jack.

„Hörst du wirklich nichts?“

„Was soll ich hören?“

„Die Pumpe.“

„Ach so“, sagte Jack, „die Pumpe.“

„Dr. Olsens Meisterwerk“, sagte Linda.

„Also hörst du sie jetzt oder nicht?“

„Ach, du bist das?“ sagte Jack.

Linda lachte nervös und sagte: „Nett von dir zu kommen!“

Jack, Jack, Jack.

Jack war gekommen. Mit Jack würde alles so sein wie früher. Und Jack würde sie sogar so fotografieren wie früher. Warum war er nicht glücklicher? Mit Jack waren sie zu dritt. Unbesiegbar. Wenn man nicht gerade an Dr. Olsen dachte.

Linda fragte Jack, ob sie ihm etwas anbieten

dürfe, aber Jack lehnte ab, später hätten sie alle Zeit der Welt zu essen und zu trinken, er habe den ganzen Kofferraum vollgepackt mit Wurst und Käse und Wein, für Tom die teuerste Flasche, die er im Regal hatte finden können. Er müsse nur noch den Kühlschrank wegen der Eiswürfel plündern, sagte Jack, dann könne es losgehn.

„Erkennst du mich?" sagte Tom.

„Mal sehn", sagte Jack.

„Und?" sagte Linda.

„Was soll ich sagen, ich tu's", sagte Jack.

„Blind?" fragte Tom.

„Auch blind!"

„Du siehst blendend aus", sagte Linda zu Jack.

„Er weiß Bescheid?" fragte Jack Linda und grinste auf Tom hinunter.

„Ich hab's ihm gesagt", sagte Linda.

„Und was hältst du von der Idee, Tom?"

„Du bist ein guter Fotograf, Jack, du kannst mich überall fotografieren." Spielt keine Rolle, wo ich bin, dachte er, glaubte sich nicht.

„Vor allem bin ich dein Freund!"

Jack boxte vergnügt ein paarmal in die Luft, und es war ihm anzumerken, wie gewaltig er sich anstrengte, die Schlacht der Wiedersehensfreude erfolgreich zu schlagen. Der Kraftaufwand, den er betrieb, ging weit über das Übliche – und vielleicht auch Nötige – hinaus. Es war, als ginge es um mehr als nur um Leben und Tod und den Abschied davon. Er sah wirklich gut aus, wie erquickt vom Streß, den sein Job mit sich brachte, obwohl er um die Augen herum ziemlich müde wirkte. Seine Haare wirkten zerzaust, was ihn um Jahre jünger erscheinen ließ. Aber schließlich, dachte Tom, waren keine Jahre vergangen. Nur ein wenig Zeit.

„Endlich“, sagte Jack, „endlich weiß ich wieder, welche Farbe deine Augen haben, Kumpel! Der Himmel ist nichts dagegen!“

„Ich hab graue Haare bekommen, Jack, hab’s im Spiegel gesehn.“

„Grau ist nicht weiß“, sagte Jack.

„Sie fallen mir aus“, sagte Tom.

Jack machte mit. „Seit wann bist du so eitel?“

Als Tom nicht antwortete, sagte er zu Linda: „Seit wann ist er so eitel?“

„Seit er mit dieser Schwester allein im Zimmer war“, sagte Linda.

Sie lachten.

„Du hättest sehen sollen, wie sie sein Bett bezogen hat!“

„Wie?“

„Andächtig“, sagte Linda.

„Andächtig?“

„Total!“

„Mann, das hätt’ ich gerne fotografiert“, sagte Jack.

„Sie war nett“, sagte Tom.

„Um so besser“, sagte Jack.

„Laß sie bloß in Ruhe mit deinem Ich-muß-jede-Frau-von-vorne-und-hinten-fotografieren“, sagte Tom.

„Oben-und-unten hast du vergessen“, sagte Jack.

„Sie fallen mir trotzdem aus“, sagte er; trotzig sollte es klingen. Er fühlte sich belebt, Jack zu sehen. Hinter Jack tausend Bilder von Jack, und alle warfen den Schatten des Lebens auf ihn hier. Schichten von Schatten. Er sagte: „Vielleicht sollte ich vorher noch zum Frisör?“

„Tom“, sagte Jack, „war nur so eine Idee. Wenn du nicht willst, wenn du nicht kannst, dann lassen wir's! Egal! Kein Problem!“

„Nein, eine fantastische Idee“, sagte er, weil er das Gefühl hatte, etwas sagen zu müssen.

Jack stand da, schien hilflos, zum ersten Mal hilflos, wußte nicht, wohin mit der Kamera. Als draußen der Hund loslegte, weil der junge Cazzanelli den Motor aufheulen ließ, war Jack mit einem Satz am Fenster und tat, als würde er ihm die Kamera an den Kopf werfen. Der Hund verstummte augenblicklich, und nach einer Weile würgte der junge Cazzanelli den Motor ab. In einer Anwandlung von Geltungsdrang drehte Jack sich zu ihnen um.

„Wem gehört das Vieh?“

„Den Kinnards“, sagte Linda.

„Und das Arschloch, das sein Auto repariert?“

„Den Cazzanellis“, sagte Linda.

„Fang schon an!“ sagte Tom.

Man konnte nicht genau erkennen, ob Jack tatsächlich fotografierte oder ob er nur so tat. Linda und Tom ließen ihn machen, sie versuchten sich so normal wie irgend möglich zu geben, so wie alle es taten, wenn sie fotografiert wurden. Jack gab ihnen das Gefühl, daß sie lebten, etwas verkrampft, aber gefestigt, und vielleicht war das der Sinn des Ganzen, daß eine Sekunde des Lebens in eine andere Sekunde hinübergerettet würde. Möglicherweise fotografierte Jack sie nur, um nicht mit ihnen sprechen zu müssen, aber selbst das wäre verzeihlich gewesen. Tom lag da und ergötzte sich an Jacks Beweglichkeit. Wie ein Tänzer durchmaß Jack Raum und Zeit, wechselte zwischen Licht und Schatten, hielt alles fest, was sie waren. Es tat Tom leid, daß es keine Technik gab, mit der sich der Atem abbilden ließ; es wäre sein Lieblingsfoto gewesen, auf dem er sich atmend gesehen hätte.

„Dieses Gorillababy“, sagte Jack, „hat die Augen erst aufgemacht, als ich es fotografierte.“

„Aber das erzählst du uns später“, sagte Linda.

„Also das erzählt er uns jetzt“, sagte Tom.

„Deswegen bin ich nicht gekommen“, sagte Jack.

„Bist du gekommen, um Linda zu küssen?“ sagte Tom.

„Arschloch“, sagte Jack, „ich bin gekommen, um euch zu sehn.“

„Und? Was siehst du?"

„Was ich sehe? Meinen Freund! Das ist es, was ich sehe! Du gibst meiner Erinnerung ein Gesicht! Dein Gesicht, Tom!"

Er fotografierte Toms Gesicht, kam ihm so nahe, daß ihre Gesichter sich fast berührten. Jack roch nach Wind und Licht.

„Danke, Jack", sagte er.

„Ich mag dich, Alter!"

„Auch mit meiner Krankheit?"

„Mit oder ohne Krankheit, ganz egal!"

„Danke, Jack", sagte Linda.

„Also wißt ihr, ich liebe euch", sagte Jack.

Fotografierte weiter. Von oben herab. Als schwebte er unter der Zimmerdecke. Tom strampelte, trat die Bettdecke weg, trat um sich, seine Beine schwache, langsame Kolben, versuchte in die Luft zu boxen, wie Jack in die Luft geboxt hatte, boxte sich ins Gesicht, boxte gegen das Kästchen auf seinem Bauch, erfüllt vom wilden Wunsch, mit einem Schlag den Knopf zu treffen. Dann war Linda bei ihm. Sie griff nach der Decke, bedeckte das bißchen Blöße, das es zu bedecken galt. Er drapierte die Decke etwas malerischer um seine Gestalt, versuchte die Pose eines Märtyrers auf der Walstatt einzunehmen, und dabei verrutschte die Decke wieder und das Kästchen, und während er alles in Ordnung brachte, sagte Jack: „Ist ja gut, Tom, ist ja gut!" Und Linda sagte es auch: „Es ist gut, Tom!“ Es war nicht gut. Sie saßen neben ihm auf der Matratze. Zwei Menschen, die ihn streichelten und ihm gut zuredeten. „Ist alles gut?“ Er nickte, wie um ihnen einen Wunsch zu erfüllen, und Linda trocknete ihm die Stirn, suchte in seinen Augen. Aber da war nichts. Nichts in seinen Augen und nichts auf den Fotos, die Jack gemacht hatte. Man sah, daß Tom schwer Luft bekam. Jack war der erste, der aufstand. Er ging ans Fenster, blieb dort stehen, obwohl der Hund nicht bellte.

Und während Linda ihm zärtlich die Finger aufbog, sagte Tom:

„Linda“, sagte: „Jack“, kostete es aus, ihre Namen zu sagen, ihre Namen trieben auf dem Rinnsal seines Atems davon, und er wünschte ihnen Glück, weil sie Menschen, weil sie seine Menschen waren.

„Bleib liegen, Tom, bitte, bleib liegen!“ sagte Linda.

„In Ordnung“, sagte er.

„Weißt du noch?“ sagte Jack.

„Was?“

„Weißt du noch, als ich das letzte Mal hier war?“

„Wo?“

„Hier, in diesem Zimmer. Du lagst auf der Couch und schliefst. Und Linda saß, die Beine angezogen, am Kopfende. Du hieltst im Schlaf die Hände nach ihr ausgestreckt, hieltst einen ihrer nackten Füße umfaßt, auf eine stille Art entrückt, die Träume geerdet, so sah es aus. Und ihr habt euch nicht bewegt, eure Gesichter wunderbar lebendig. Ihr habt nur euch selbst gehört."

„Das hast du gesehn?" fragte Tom.

„Ja", sagte Jack.

„Wie hat Linda ausgesehn?" fragte er.

„Ich hab wunderbar und lebendig gesagt", sagte Jack.

„Die Lebendige", sagte er.

„Laß Jack in Ruhe", sagte Linda.

„Nein, wirklich, wenn ich Lindas Füße anfasse, dann ist das so, als ob ich Halt hätte", sagte er. „Ich halte mich an ihren Füßen fest und kann nicht untergehn."

„Linda ist ein Engel", sagte Jack, „das wissen wir alle."

„Warst du wirklich da, Jack?"

„Eine Stunde oder so. Aber du bist nicht aufgewacht."

„Und warum habt ihr mich nicht geweckt?"

„Weil du geschlafen hast", sagte Linda.

„Du warst nicht da", sagte er zu Jack.

„Und wenn ich sage, Jack war da?" sagte Linda.

„Dann warst du auch nicht da", sagte er.

„Uns gibt's also beide nicht?" sagte Jack, tat erstaunt. Dann sagte er: „Vielleicht gibt's dich auch nicht?"

Er ging auf das Spiel ein, sagte: „Den Trick kenn ich."

„Tatsächlich?" sagte Jack.

„Das ist der Dr.-Olsen-Trick“, sagte er.

„Faß mich an“, sagte Jack, „na los!“

Tom faßte ihn an, erst die Hand, dann jeden einzelnen Finger. Fühlte Wärme und Geborgenheit. Wie früher. Wann immer das gewesen war. Er wollte es ihnen erklären, mit einfachen Worten, weil es keine anderen Worte gab als einfache Worte. „Die Schmerzen“, sagte er. „Die Schmerzen sind jedesmal anders als die Erinnerung an sie.“ Es tat ihm gut, daß Jack sich jetzt nicht mehr so sehr um Linda kümmerte und doch noch das Gefühl der Freundschaft zwischen ihnen entstehen ließ. Verbundenheit, das war das Wort. Aneinandergekettet im Auf und Ab freiwilliger Treue.

Wie damals, dachte er.

Lächelte und drückte mit aller Kraft den Knopf.

Und es war gut. Gut wie in einem anderen Leben, in dem man wieder jung und gesund war und genug Zeit hatte zu leben und in dem die Liebe länger dauerte als ein Wolkenbruch oder eine Hitzewelle. Und in diesem anderen Leben…

… war Jack vorbeigekommen und hatte Linda und ihn ins Auto geladen, und wenn sie dann im nächsten Supermarkt alles, was man für ein Picknick so brauchte, besorgt hatten, waren sie hinausgefahren ins Delta und hatten die Autofähre zur Insel genommen, die wie ein gigantischer Klotz gegen den Strom stand, die Bergkegel wie geebnet von Winden und Wolken. Sie nahmen die alte Straße hoch zum Plateau, fuhren durch düstere Wälder. Weiter oben dann, wo die Straße zur Schotterpiste wurde, deren Kehren wie in den Hang gesägt wirkten, begann die schönste Wegstrecke mit wilden Gärten und üppigen Wiesen auf der einen und einem Band aus Sykomoren auf der anderen Seite, hinter denen sich der Abbruch des Plateaus auftat, die rissige Kante verborgen unter einem strotzenden Wulst aus Dickicht und Blumenranken. Hunderte Meter drunten, im diesigen Grün, leuchteten ochsenblutfarben die Hütten des kleinen Hafens, wie an Land geschwemmt im wandernden Licht, und der Wind schmeckte nach dem nahen Meer hinter den Hügeln, über die der Himmel gespannt war wie ein Netz voller Wolken und Vögel. Und wenn man einen Augenblick den Atem anhielt, konnte man sich einbilden, die Gewalten der Wasser zu spüren, die sich in die Gezeiten gruben, ein unterseeisches Tosen.

Auf dem Plateau befand sich ein altes Kloster, rings um das Gemäuer hatten die Mönche Tabak und Kartoffeln angebaut. Es kostete Jack jedesmal ein kleines Vermögen, die Mönche fotografieren zu dürfen, aber Jack hatte immer fleißig bezahlt, hatte die bärtigen Männer in ihren staubigen Kutten fotografiert, oder den zahmen Waschbär, der am Klostertor angekettet war, den blinden Fischadler, der beim geringsten befremdlich anmutenden

Geräusch schreiend aufzufliegen versuchte. Die Mönche verkauften selbstdestillierten Kartoffelbrand an die paar verirrten Touristen, die es hierher verschlug und die stumm in die Pracht der Landschaft starrten; der Schnaps war viel zu stark für die Hitze, aber sie tranken ihn, und auch Tom und Jack tranken ihn, denn es gehörte zum Ritual, ihn zu trinken, sogar Linda trank einen Schluck davon, schon im voraus kichernd, weil Jack dann immer wüst mit ihr schäkerte, um Tom ein bißchen aufzuziehen, der sich nichts aus Schnaps machte und genaugenommen noch weniger trank als Linda.

Er kann es immer weniger erwarten, bis die Wirkung eintritt. Was aus der Pumpe kommt, diese tröpfelnde Sintflut gestundeter Wonnen, er verzehrt sich danach, rettungslos. Er trägt die Pumpe für seinen kranken Körper, seinen schwachen Leib, erwartet als Dank die Schmerzlosigkeit.

Ein Stückchen abseits des Klosters, inmitten eines Föhrenwäldchens, gab es einen urzeitlichen Meteoritenkrater, windgeschützt und mit niedergegangenem Flugsand bedeckt. Wilder Hafer wuchs an den Hängen der Kuhle, und eine Woge spinnennetzverfilzter Brombeerhecken ergoß sich über die Fahrspur, die mit Ziegelschutt aufgefüllt war. Dort bauten sie den Grill auf, grillten Würstchen, Koteletts, manchmal einen Barsch aus dem See, den sie unten im Hafen gekauft hatten und den jedesmal Tom auswaiden mußte, weil Jack das nicht fertigbrachte und Linda es nicht einmal sehen mochte. Dann aßen sie, die Glutwellen des Feuers im Gesicht, tranken Bier oder Wein. Es konnte vorkommen, daß sich Möwen hier herauf verirrten und sich wieder hinunterstürzten in die flirrende Ebene, deren Horizont begrenzt war von wuchtig aufragenden Höckern aus geriffeltem Fels, und nachts sah man wie hinter einer zerkratzten Scheibe die Positionslichter von Flugzeugen geräuschlos über das Firmament springen, gelbe, verschwindende Funken.

Die Sterne schauen zu, wie die Lichter auf Erden erlöschen. Die Schlaflosen wälzen sich in innerer Glut, manche liegen starr, warten auf nichts. Er weiß es.

An ihrem 22. Hochzeitstag waren sie, mit Jack als Gast, hier herauf gefahren, die Kühlbox prall gefüllt mit Eiswürfeln und dickglasigen Flaschen, hatten, zur Feier des Tages, Champagner Rosé aus geeisten Krügen getrunken. Sie tranken auf nüchternen Magen, weil das Wetter war, als könne es jeden Moment zu regnen anfangen, und die scharfe Frische des Champagners vermischte sich mit dem sengenden Dunst, der aus der Ebene aufstieg. Als sie die zweite Flasche köpften, waren sie sich einig, auf der schönsten aller Welten zu leben und dort auf dem schönsten Fleck Erde, den man sich vorstellen kann. Jack war ein bißchen geknickt gewesen, weil er vor kurzem von einer Frau verlassen worden war, die er eigentlich hätte mitbringen wollen, aber er hielt sich tapfer, und als ihm besser ging, hielt er sogar eine Rede.

Er sagte: „Der gute alte Jack hält jetzt eine Rede!" Sagte: „Hört mal, wenn ich euch so sehe, kann ich mir beim besten Willen nicht vorstellen, daß ihr, du Linda, du Tom – oder muß ich jetzt Sie sagen? – nicht von der gleichen Mutter zur gleichen Zeit geboren worden sein sollt. Solange ich euch kenne – und ich glaube, ich kenne euch schon sehr lange und sehr gut –, habt ihr euch gehabt!" Er stellte das Glas zwischen seinen Beinen ab, applaudierte ihnen. „Ob ihr mir glaubt oder nicht, aber daß ihr euch liebt, macht mich stolz, denn es gibt nichts Schöneres, als der Freund eines glücklichen Paares zu sein. Ich liebe euch und nicht nur, weil ich Champagner getrunken habe! Verdammt, was ist mit der Musik los?" Er sang:

Hey, wenn ich liebe, liebe ich
manchmal mich, und manchmal dich
vielleicht lieb ich ja auch nur die Liebe
wenn sie kommt und wenn sie geht
also liebe ich von früh bis spät,

und Linda summte Uh-huh und Uh-yeah dazwischen, um ihm einen Gefallen zu tun und nicht als Spielverderberin zu gelten, sang:

Hey, wenn ich liebe, liebe ich
einmal dich und einmal mich,

schrecklich daneben, und dann trat er einen Schritt vor, küßte Linda und dann küßte er Tom, auch ihn auf den Mund, auf die Lippen. Und dann hatten sie alle nasse Augen.

Als sie mit der zweiten Flasche am Ende waren, begann Linda zu rauchen und zu tanzen, und Jack stimmte eine seiner elend schmalzigen Liebesschnulzen an, wollte, Freund und Kavalier, der er war, Tom den Vortritt lassen, mit Linda zu tanzen, die mit ihren nackten Zehen Rillen in den Sandboden rechte, aber Tom fühlte sich noch nicht in der Stimmung, tanzte nur halbherzig, sperrig, Linda in ihren Bewegungen eher behindernd, so daß es Jack nicht mehr länger mit ansehen konnte und ihm Linda mit sanfter Gewalt entwand und mit ihr so ausgelassen herumsprang, daß es den Sand unter ihren Sohlen wie bei winzigen Minendetonationen aufwirbelte; wenn ihnen keine Verrenkungen und Sprünge mehr einfielen, nahmen sie einen Schluck aus der Flasche und machten irgendwie weiter. Dann packte Jack Tom, tanzte mit ihm, küßte ihn, um gleich darauf wieder eine Schnulze zu schmettern und weiter zu tanzen, mit Linda, die ihm um den Hals fiel, so geschwächt war sie inzwischen vom Tanzen, vom Lachen. Und Jack rief ihm zu: „So geht das!“ Ruckte mit dem Becken, betont konvulsivisch, wiegte Linda, die lachend an ihm hing, zu einer rasanten, schwindelerregenden Melodie, die wahrscheinlich nur die beiden hörten, und so drehten sie sich im Kreis, immer schneller, bis sie taumelten, fast fielen. Dann kamen sie zurück und wollten wieder einen Schluck trinken vom Champagner Rosé, aber Tom hatte die Flasche ausgetrunken, trotzte mit flatternden Kleidern dem Wind, der alte Asche aufwirbelte; ihm war, als bekäme sein Kopf einen Riß, mittendurch, und dann noch einen, bis sich sein Kopf wie zerstückelt anfühlte. Er verschwand in dem kleinen Föhrengehölz und wartete unter den Bäumen, ob etwas passieren würde. Zwischen den Stämmen sah er einen Acker mit Kartoffelkraut, Erde, die alles gab, alle Kraft, alle Liebe, und er lächelte über sich und seine Anwandlung, war dankbar, daß er den Champagner bei sich behalten konnte. Trotzdem wischte er sich die Lippen, ehe er zurückging. Als sie ihn kommen sahen, tanzten sie wieder. Jack sang nicht mehr, weil Linda ihm den Mund zuhielt.

„Ich hab Hunger“, sagte Tom.

Er denkt irgendwie willenlos. Bilder blitzen auf, und manchmal melden sich Gefühle, wie hinter dünnen Wänden aus schwarzer Watte. Er denkt zurück, so weit und so tief zurück, als möchte er in einer Vergangenheit bleiben, die es gestern schon nicht mehr gab.

Jack machte Feuer und Linda kümmerte sich um das Fleisch, sie arbeiteten einträchtig. Tom zerrte ein Kotelett vom Grill und versuchte, es halbroh zu essen. Linda sagte nichts, putzte ihm nach ein paar Bissen mit einer Serviette den Mund ab.

„Ihr tanzt fantastisch", sagte er.

„Das sieht nur so aus", sagte Jack.

„Tut mir leid!"

„Was tut dir leid?"

„Daß ich störte!"

„Versteh ich nicht", sagte Jack, „Verstehst du das, Linda?"

„Was?" fragte Linda.

„Daß Tom sagt, er hätte uns gestört."

„Tom, weißt du, was du sagst?" fragte Linda.

„Natürlich", sagte er. „Herzlichen Glückwunsch!"

„Zu was?"

„Zum Jubiläum!"

„Dir auch!" sagte Linda grimmig.

„Danke, das ist aber lieb von dir!"

„Nicht jetzt und nicht heute", ging Jack dazwischen.

„Halt dich raus!" sagte Tom.

„Nein, mein Freund", sagte Jack.

„Laß die Finger von meiner Frau!"

„Deine Frau heißt Linda", sagte Jack.

„Ich weiß, wie meine Frau heißt."

„Tom", sagte Jack.

„Sie heißt Linda“, sagte er. „Linda Kviman.“

„Mach nichts kaputt!“ sagte Jack.

„Kviman“, sagte Linda spöttisch. „Daran erinnerst du dich? O Schatz!“

Und ob er sich erinnert. Keine Erinnerung gleicht der anderen. Das ist eben so, wenn man so viele Jahre an die Liebe glaubt. An seine eigene und an die des anderen.

Sie machten noch eine Flasche auf, ließen das Fleisch verbrennen, eine Art, Frieden zu schließen. Dann packten sie ihr Zeug.

Auf der Fähre zum Festland sang Jack vor lauter Verzweiflung so laut und hemmungslos, daß sein schmachtendes Geschrei weithin übers Wasser hallte.

In einem Café an den Docks tranken sie alle brav Kaffee, um nüchtern zu werden, und Linda futterte ein Stück Torte oder Kuchen. Von der Terrasse aus sah man auf der Promenade das illuminierte Skelett eines Wals aus der Urzeit, als hier noch der Ozean bis an die Wolken leckte.

„Um Linda zu kriegen“, alberte Jack, »würde ich sogar dich heiraten, Kumpel!“

Und Linda sagte wie üblich gar nichts, als sei das Männersache, ein Spiel, in dem sie die Rolle des Prestigeobjekts innehatte.

Aber warum jetzt, warum jetzt das alles, fragt er

sich. Traut sich nicht, Linda oder Jack zu fragen. Sie könnten es wissen. Könnten wissen, was er nicht weiß, was er nicht wissen will.

Später, als sie zu Hause waren und Jack gegangen war, nachdem sie eine trostlose, zermürbende Stunde lang fast nichts gesagt hatten, schliefen sie miteinander, als wäre es das erste und das letzte Mal, fielen durch Tag und Nacht in ihrem Fleisch voller Träume, und dann, als sie fertig waren, atmeten sie und ihr Atem sagte alles, was sie sich in Worten nicht gesagt hatten.

„Jack", sagte er, viel später, machte Licht.

Sie rollte sich auf den Bauch, um ihre Augen vor dem Licht zu schützen.

„Ich möchte nicht reden", hörte er sie sagen.

Er stand auf und sah durchs Fenster hinaus in die Nacht, wußte nicht, warum er auf einmal zu tanzen begann, langsam, allein, nackt, wie ein scheues Tier, das im rauhen Schnee der Erinnerung scharrt, der unter seinen Sohlen immer kälter wurde, je weniger er sich bewegte. Es war nichts, sagte er sich, es war nichts, wiederholte er. Was sollte gewesen sein? Was sollte in seinem Beisein groß gewesen sein? Denn wenn etwas gewesen wäre, dann wäre anzunehmen, daß immer etwas gewesen war, so oft sie zu dritt da oben gepicknickt hatten, und davon hätte er viel früher etwas merken müssen, nicht erst heute, an ihrem 22. Hochzeitstag.

Er ging zurück zu ihr. Sie schlief schon. Er lag eine Weile neben ihr. Dann weckte er sie.

Er sagte: „Ich glaube, ich war nicht mehr nüchtern."

„Wir waren alle ein bißchen betrunken", sagte sie.

„So würde ich das nicht sagen", sagte er.

„Schlaf jetzt", sagte sie.

„Ich liebe dich", sagte er, schickte Atem hinterher.

„Dein Glück, daß du das nicht vor fünf Minuten gesagt hast", sagte sie.

„Warum?" fragte er, ahnungslos.

„Weil ich es nicht gehört hätte", sagte sie.

Anfangs sagte Linda jeden Tag: „Es war nichts."

Sie erwachte und ihre ersten Worte waren: „Es war nichts."

„Du mußt nichts sagen", sagte er.

Und wenn sie dann schwieg, sagte er: „Es gibt keinen Grund, dauernd zu sagen, daß nichts war."

„Es war aber nichts", sagte sie.

Er kümmerte sich nicht mehr darum, wie sie es sagte und wann sie es sagte.

Selbst wenn sie miteinander schliefen, sagte sie noch ab und zu: „Es war nichts."

Später wurde es weniger.

Und nie sagte sie: Ich liebe Jack, Tom, ich liebe ihn, ich weiß nicht, warum, aber das habe ich bei dir eigentlich auch nicht so genau gewußt, habe nur dieses Gefühl gespürt, die Liebe, oder was das ist.

Er fühlte sich glücklich, daß sie das nicht sagte.

Dann rief Jack eines Tages wieder an, kleinlaut, entschuldigte sich, weil er so toll mit Linda getanzt habe. Dann redete er davon, wie gut ihm der Fisch geschmeckt habe, dabei hatten sie gar keinen Fisch auf dem Grill gehabt, aber Tom widersprach nicht. An Jacks Stimme hörte er, daß es Jack wirklich peinlich war und daß er Absolution forderte, den unbedingten Glauben an das Gute im Menschen, in jedem Menschen, also auch in Jack und, nicht zu vergessen, in Linda.

„Schon gut“, sagte er zu Jack, „nächstes Jahr feiere ich mit euch.“

In der Folgezeit redeten sie manchmal fast eine Stunde am Telefon, er und Jack, und Jack sagte jedesmal, bevor er auflegte: „Ruf mich an, falls du es nicht aushältst mit dir!“

Aber das tat er nie.

Manchmal kam er dazu, wenn Linda mit Jack telefonierte, aber er fragte sie nicht, ob er sie oder sie ihn angerufen hatte. Sonst hätte sie gleich wieder „Es war nichts“ gesagt, ihr gutes Recht.

Und wenn es einen Gott gab, irgendwo, dann wollte es dieser Gott so, daß alles gut war.

Dr. Olsen streichelte den Falter, und der Falter zitterte im Licht.

Kostbar, sagte Dr. Olsen.

Man verstand ihn kaum. Je stärker der junge Cazzanelli draußen auf der Karosserie herumhämmerte, desto lauter drehte er das Autoradio. Es war ein schöner Tag, um jung zu sein, jung und gesund, arm im Geiste womöglich, aber im Vollbesitz kommender Tage.

„Ich red mit ihm", sagte Jack.

„Er ist jung", sagte Linda.

„Spielt keine Rolle", sagte Jack.

„Sei brav", sagte Linda, als Jack zur Tür ging.

„Und nett", sagte Jack.

Er ging draußen am Fenster vorbei, aufrecht, wie beschwingt, entkommen.

„Wie fühlst du dich?" fragte sie.

„Weder weiß noch rot", antwortete er.

Als erstes hörte das Gehämmere auf, dann wurde schlagartig die Musik heruntergedreht, und in die Stille hinein schnappte der Hund der Kinnards mit einem seufzenden Röcheln nach einem geträumten Knochen, und dann war nur noch die Stimme des jungen Cazzanelli zu hören, der Jack beschimpfte. Seine Eltern riefen ihn ins Haus. Und die Kinnards riefen den Namen ihres Hundes, Friedrich. Jack kam zurück.

„Ihr fragt mich sowieso, wie ich das gemacht habe", sagte er.

„Wie?" sagte Linda.

„Ganz einfach", sagte Jack, „ich hab kein Wort gesagt."

„Verstehe", sagte Tom.

„Ich hab fotografiert, immerzu fotografiert." Dann, als würde es ihm jetzt erst einfallen, sagte er: „Sie haben es nicht ausgehalten. Das hält niemand aus, wenn jemand nur fotografiert und nichts spricht."

„Danke, daß du mit uns sprichst", sagte Linda.

„Für euch sing ich sogar", sagte Jack. Zu Tom sagte er: „Wenn's dir nichts ausmacht, möchte ich dich gerne draußen fotografieren."

„Wo draußen?" fragte Linda.

„Im Freien", sagte Jack.

„Steh auf, nimm dein Bett und geh!" sagte er.

„Ich trag dir dein Bett", sagte Jack aufgekratzt. „Ach was, ich trag dich in deinem Bett hinaus! Wir stellen es unter einen Baum, und ich fotografiere dich in deinem Bett unter einem Baum. Was hältst du davon?"

„Zuviel Programm!" sagte Linda.

„Mach dir nichts draus, Jack", sagte er, „sie hat bloß Angst um mich. Linda, Jacks Idee ist gut! Wirklich gut, Jack! Titel des Fotos: Der Kranke im Garten."

„Was tut er da?" fragte Linda.

„Gräbt sich sein Loch", sagte er.

„Dein Jack schiebt dich im Bett die Straße runter", sagte Jack.

„Was voran?“

„Was meinst du mit: was voran?“

„Die Füße voran, wie es sich gehört?“

Linda schluchzte kurz, trocken.

„Na gut, das war nicht fair“, sagte er.

Er schlug die Decke zurück, eine Zentnerlast, aber es gelang ihm in erstaunlich kurzer Zeit, jedenfalls gelang es ihm, ehe Linda etwas dagegen hätte einwenden können. Er rollte sich auf die Seite, rollte von der Matratze, fiel wie aus einem Millimeter Höhe hinab auf die Erde, hielt sich den Bauch mit dem Kästchen, zog die Beine an und mühte sich ab, auf die Knie zu kommen, obwohl sie ihn längst links und rechts untergehakt hatten, und es kam ihm ein bißchen so vor, als wollten sie ihn beide gemeinsam niederringen.

Jack sagte entgeistert: „Um Himmels willen, Tom, bleib liegen, bleib liegen! Niemand hat gesagt, du sollst aufstehn.“

„Wollte dir die Pumpe zeigen, Jack“, sagte er.

„Die Pumpe kannst du mir auch im Liegen zeigen“, sagte Jack.

„Hört mal, ich will nicht im Liegen fotografiert werden, nicht im Liegen! Brustbild ohne Beine, würde euch so passen!“

„Wir machen alles so, wie du willst“, sagte Jack. „Ich hab nicht vor, die Pumpe zu fotografieren, nichts werde ich fotografieren, das mit dir nichts zu tun hat.“

„Linda?“

„Linda ist heute nicht die Hauptperson“, sagte Jack.

„Jack“, sagte er, „du weißt nicht, wie das ist, wenn die Sonne im Kopf untergeht. Hinter den Augen rast sie hinunter, zerplatzt vor lauter Licht. Scheißrot, sag ich dir, scheißrot! Und an den Rändern schon schwarz!“

„Ist was mit der Pumpe, Tom?“ fragte Linda.

„Nichts ist mit der Pumpe!“ sagte er. „Fang an, Jack!“

„Das geht nicht auf Kommando, Tom“, sagte Jack.

„Du bist Jack, hey!“

„Hey, hey, hey!“ sagte Jack.

„Und das ist Linda!“ sagte er.

„Linda weiß, daß sie Linda ist.“

„Ich bin noch nicht fertig!“

„Natürlich bist du noch nicht fertig.“

„Der Tag ist zu schön“, sagte Linda.

Das war wahr und das wußten sie alle. Der Tag da draußen wartete nur auf sie mit seiner Schönheit, er war so schön, daß er nicht vergehen konnte. Der Himmel barst vor Licht, und er hatte keine Angst, fast keine Schmerzen. Du darfst nicht aufhören, dachte er, darfst nicht aufhören, du zu sein, mußt alles versuchen, dir ähnlich zu bleiben und ihnen zu gefallen, denn das ist es schon, wofür man geliebt werden möchte, geliebt und verstanden. Es war schön draußen und ruhig, und der Schmetterling schlief sich von Traum zu Traum. Als Jack das Schweigen nicht mehr ertrug, erklärte er ihnen, warum die meisten Leute es nicht aushielten, fotografiert zu werden, warum sie sich, sobald eine Kamera auf sie gerichtet wurde, vorkamen, als müßten sie eine Rolle spielen, und sei es nur die Rolle des Fotografierten, der den Moment seiner Existenz vorzuführen hat, nicht mehr vorwärts kann und schon gar nicht zurück. So, meinte Jack, könne man jeden Menschen besiegen, indem man unablässig die Kamera auf ihn richte, ihn nicht mehr aus dem Fokus entkommen ließe.

Dann sagte er zu Tom: „Ich hab dir geschrieben von unterwegs, manchmal."

„Linda hat's mir gezeigt", sagte er.

„Von überall wo ich war", sagte Jack.

„Du hast ein Talent für Ansichtskarten, Jack", sagte er.

„Und niemand kann Freundliche Grüße so freundlich schreiben wie Jack", sagte Linda.

„Linda hat mir deine Karten vorgelesen", sagte er. „Als wären sie, wie soll ich sagen, etwas Besonderes gewesen, irgendwie."

„Wie denn?" fragte Linda.

„Feierlich", sagte er.

„Feierlich?" fragte Linda.

„Feierlich! Bewundernd! Habt ihr beide was?"

„Du bist verrückt, das zu fragen", sagte Linda.

Und Jack sagte: „Also ich muß nicht die Frauen meiner Freunde haben, Tom."

„Wieviel Frauen hast du?"

„Wär' vielleicht redlicher, du würdest fragen, wie viele Freunde ich habe."

„Hast du?"

„Du bist einfach unmöglich, Tom", sagte Linda.

„Warum willst du mich fotografieren?"

„Weil mir dein Gesicht gefällt", sagte Jack.

„Deswegen kommst du hierher?"

„Ich nehme meine Arbeit ernst", sagte Jack. „Und meine Freundschaft ebenfalls."

„Danke, Jack, fang an!" sagte er.

„Mach ich glatt", sagte Jack. „Erstes Foto: Tom schläft, während Jack den Wagen holt." Er ging auf Zehenspitzen zur Tür und Tom blickte ihm hinterher, blickte Linda hinterher, die nach Jack das Zimmer verließ, bevor ihm vor Erschöpfung die Augen zufielen. Selbst im Schlaf dachte er noch daran, gleichmäßig und kräfteschonend zu atmen. Ein Automotor tuckerte vertraut, dann hörte er Schritte, und ehe er ganz wach war, standen Linda und Jack an seiner Matratze. Jack fotografierte. Tom schloß wieder die Augen, sagte:

„Wo wart ihr?"

„Draußen", sagte Linda.

„Wo draußen?" fragte er.

„Beim Auto", sagte Jack.

„Küssen?" fragte er.

„Du hast jetzt dein Bett in Jacks Wagen", sagte Linda.

„Ich will nicht verreisen", sagte er.

„Warum nicht?" fragte Linda.

„Wegen der Vögel, die draußen rumschreien!" sagte er.

„Von welchen Vögeln redest du?"

„Egal, von allen!"

„Kein Problem, wir werden sie verscheuchen, wenn du sie nicht magst", sagte Jack. Er klatschte ein paarmal in die Hände, mußte sich wehgetan haben, denn Tränen schossen ihm in die Augen.

„Sie fliegen zu schnell, viel zu schnell", sagte Tom. „Und sie singen so laut."

„Also ich mag den Krach, den sie machen", sagte Jack.

„Krach nennst du das?" sagte Linda.

„Jack, was glaubst du, wie würde es sich anhören, wenn sie größere Flügel hätten?"

„Dann würden wir vermutlich unser eigenes Wort nicht mehr verstehn", sagte Jack.

Welches? dachte er. Wollte nicht fragen. Sagte statt dessen: „Fotografierst du mich auch mit Sonnenbrille, Jack?"

„Kein Problem!" sagte Jack.

„Und mit Perücke?"

„Hast du eine?"

„Wegen der Narbe, weißt du", sagte er.

Linda mischte sich jetzt ein. „Sie ist so schön verheilt, daß du wirklich keine Perücke brauchst. Nicht einmal Dr. Olsen würde auf Anhieb erkennen, daß es sich um eine Narbe handelt, Tom!“

„Also keine Brille, keine Perücke“, sagte er.

„Keine Brille, keine Perücke“, sagte Jack. „Zweites Foto: Tom steht auf, macht Kopfstand und dreht sich einmal im Kreis.“

„Einmal ist zu wenig“, sagte er.

„Tu dir keinen Zwang an“, sagte Jack.

„Und wie geht's weiter?“ wollte er wissen, als er stand, emporgehoben von Jack und Linda, Linda und Jack und hundert oder tausend Engeln, jeden Griff spürend, mit dem sie ihm hochgeholfen hatten.

„Wow!“ sagte Linda ein ums andere Mal und küßte ihn, stellte sich auf die Zehenspitzen und küßte ihn. Lippen wie Federn.

„Tom steht und geht mit Linda zum Wagen“, sagte Jack.

„Geht zum Wagen und zählt die Vögel“, sagte er.

„Wird fotografiert!“ versprach Jack.

III.

Jack hatte nicht zuviel versprochen, er fotografierte Tom auf Schritt und Tritt, das klare Perlen des Schweißes, der Tom zwischen den Augen und an den Schläfen austrat, und hätten Toms Schuhsohlen Staub aufgewirbelt, hätte er sich hingekniet und die winzigen Wolken Staub fotografiert. Der Hund der Kinnards wich zurück, als Jack so tat, als würde er ihn fotografieren. Tom drehte sich um und blickte zurück, um zu sehen, ob das Fenster zum Zimmer, in dem er gelegen hatte, einen Spalt gekippt geblieben war. Der Rasen wuchs so hoch wie schon lange nicht mehr, und der Kies war wie Geröll, zwang ihn, von einer Seite auf die andere zu treten. Beinahe wäre er in den Wagen des jungen Cazzanelli gestiegen. Jack zog ihn weiter. Als sie, Linda vorne neben Jack, in Jacks Wagen saßen und losfuhren, sagte Jack:

„Sagt mir, wie ich fahren soll!"

„Du kennst den Weg", sagte er.

„Schnell oder langsam?" sagte Jack.

„Links oder rechts?" sagte Linda.

Als Tom nichts sagte, lachten sie. Nach einer Weile lachte er auch. Er saß im Fond, und der Brustgurt kreuzte den Gurt, an dem die Pumpe befestigt war. Wenn er hinaus auf die Straßen und Häuser blickte, hatte er das Gefühl, schon einmal hier gewesen zu sein. Er merkte, daß Jack einen

Umweg fuhr, um nicht am Hospital vorbeizukommen, in dem Dr. Olsen so Großes geleistet hatte. Ab und zu drehte sich einer der beiden nach ihm um.

„Ich möchte auch vorne sitzen“, sagte er.

„Wenn wir aus der Stadt raus sind“, sagte Jack.

„Aus welcher Stadt?“

„Aus der hier!“

„Aha“, sagte er.

„Immer noch der alte Witzbold“, sagte Jack.

„War ich nie.“

„Wirklich?“

„War nie einer.“

„Stimmt das?“ fragte Jack Linda.

Linda gab ihm keine Antwort, sondern fragte Tom: „Fühlst du dich gut?“

„Da war ein Schmetterling“, sagte er.

„Wo?“ fragte sie.

„Im Zimmer“, sagte er.

„Hat er dich gestochen?“ fragte Jack, lachte, hörte sofort damit auf, als könne er es nicht ertragen, sich lachen zu hören.

Zwischen den Häusern draußen jetzt breitere Streifen Grün, die sperrig gegen den Himmel liefen.

„Laßt mich jetzt mal vorne sitzen“, sagte er.

„Ich komm nach hinten zu dir“, schlug Linda vor.

„Zwischen euch“, sagte er.

„Sei nicht komisch, Tom", sagte Jack.

„Sonst?"

„Sonst komm ich mit Linda nach hinten zu dir", sagte Jack.

„Warum willst du mich fotografieren?" fragte er. „Und warum in der Natur?"

„Sagen wir", sagte Jack, „weil der Kranke in unserer Gesellschaft auf klinische oder palliative Räume reduziert wird. Das heißt, die Natur bleibt ihm verwehrt, und zu den Landschaften seines Lebens hat er keinen Zutritt mehr. Ich bin der Auffassung, der Kranke hat ein Recht, den Elementen so nahe wie möglich zu sein. Würde mich nicht wundern, wärst du anderer Meinung, Tom, zumal du der Patient bist und ich bloß der Fotograf. Also ich möchte ein paar Fotos von dir und Linda machen, weit weg von jedem Versteck."

„Hört sich gut an", sagte Linda.

Sie drehte sich um, und er hätte nur eine Hand auszustrecken brauchen, um ihre Wange berühren zu können, aber er hielt das Kästchen an sich gepreßt. Das Wohnzimmer Wüste, das Schlafzimmer Steppe, Savanne das Speise-, Dschungel das Arbeitszimmer. Macht das Licht aus im Himmel, dachte er. Äcker, in die Kohlebrocken eingepflügt worden waren, zogen draußen vorbei. Dünne Linien vorm Horizont, Bäumchen, die Hüte aus grüner Watte trugen. Tierherden wechselten über die Fahrbahn und Kolonnen von Verstümmelten wandelten am Straßenrand dahin. Alles Täuschung, alles Verrat, und ein herrliches Leben. Die Köpfe von Linda und Jack nickten im Rhythmus der Räder. Dann streckte er doch die Hand aus, strich Linda übers Haar, das glatt war, weich und warm wie ein Nest. Sie saß etwas nach vorne gebeugt, suchte einen Musiksender im Autoradio, sagte:

„Tom, möchtest du Musik haben?"

„Möchte ich Musik haben?" sagte er. „Möchte Tom Musik haben? Oder möchte Jack Musik haben? Und was für Musik möchte Jack haben?"

„Alte-Zeiten-Musik möchte Jack haben!" sagte Jack. „Streng dich an, Linda!"

„Streng dich an, Linda!" sagte er.

„Und Ihnen, zu Hause oder unterwegs in diesem brüllenden Frühling, einen schönen guten Tag, oder haben wir schon Herbst, schon wieder rauhen Herbst?" sagte ein Radio-DJ. „June Carter und Johnny Cash sind tot. Einsame Giganten des Alters und der Liebe." Dann spielte er für sie im Auto Lindas und Toms Song.

And the first time ever I kissed your mouth,
I felt the earth move in my hand,
Like a trembling heart of a captive bird…

Tom preßte sich die Faust auf den Mund. Seine Zähne knirschten wie wanderndes Geröll.

Im Hafen mußten sie auf die Fähre warten. Sie blieben im Wagen sitzen, und dann dauerte es noch endlos lange, bis die Fähre ablegte.

Drüben jagte Jack den Wagen die Serpentinen hoch. Das Moos zwischen den Lärchen zeigte tiefblaue Flecken von Schatten.

Auf dem Plateau holte Jack die Kühlbox aus dem Kofferraum und trug sie hinunter in die Kuhle, grinste wissend, als er sie öffnete und den Inhalt herzeigte.

„Rosé konnte ich mir nicht leisten", sagte er.

„Cheers!" sagte Tom.

„Schau mal, was ich alles für dich habe", sagte Jack, zeigte ihm ein Sortiment Tetrapacks: Guave-Limette, Pinkgrapefruit und Quittennektar. „Alles, was du willst!"

„Wein", sagte Tom. „Weiß oder rot, egal."

„Aber bitte nur ein Glas voll", sagte Linda und wartete, bis Jack den quietschenden Korken herausgedreht hatte. „Auf dein Wohl!"

„Auf die Tradition!" sagte Jack.

„Nieder mit den Konflikten!" sagte Tom.

Er bekam ein Glas Weißwein, hielt es in der Hand und sah zu, wie die Flüssigkeit zwischen den Rändern hin und her schwappte, dann verfing sich ein Sonnenstrahl darin und alles ergleißte.

„Wann warst du das letzte Mal hier?" fragte er Jack.

„Wird zwei oder drei Monate her sein", sagte Jack. „Ohne euch hatte ich nichts zu tun, und da hab ich das Kloster innen fotografiert. Unten ist der Boden voller Katakomben und Kavernen, und es gibt eine unterirdische Kapelle, in der die Heiligen goldene Haare haben."

„Goldene Haare?" fragte Linda.

„Ja", sagte Jack.

„Und ihre Bärte?" fragte Tom.

„Schau dir bloß diesen gerissenen Kerl an", sagte Jack zu Linda.

„Grau oder weiß?"

„Aus Gold", sagte Jack.

„Aus Gold?"

„Sei nicht traurig, Tom", sagte Jack.

„Bin ich nicht", sagte Tom.

„Es wird alles gut", sagte Linda. Niemand wußte, zu wem sie das gesagt hatte, vielleicht auch nur zu sich selbst.

Jack stellte sein Glas in den Sand und machte ein paar Fotos davon, wie sie in der Kuhle saßen, um die Asche alter Feuer, unter einem dramatisch verfärbten Himmel, die Wolken wie mit Ginsterblüten gesprenkelt. Linda nippte an ihrem Wein, und schließlich goß sie sich ein bißchen nach. Jack kniete vor ihnen und fotografierte, wälzte sich förmlich auf der Erde, um sie richtig zu erwischen. Tom bekam Mitleid mit ihm und sagte, er solle sich nicht schmutzig machen. Jack ging zu seinem Glas und trank einen Schluck. Dann machte er ein paar Schritte zur Seite, spuckte aus.

„Ameisen", sagte er.

Ein paar Knochen lagen in der Asche. Ameisen wimmelten auf ihnen wie ein schwarzer Pelz.

„Spricht sich scheinbar langsam rum, daß es hier schön ist“, sagte Jack, Bedauern in der Stimme. Er kickte einen Knochen aus der Asche und fotografierte ihn wie ein zufälliges Kunstwerk der Natur.

„Ich möchte nicht totgebissen werden“, sagte Linda.

Sie stampfte ein paarmal mit den Füßen auf, es sah aus, als würde sie gleich einen wilden Tanz beginnen.

„Die Viecher riechen den Wein“, sagte Jack, wischte eine Ameise von der Kamera. Dann machte er sich daran, alles zusammenzupacken.

Tom schaffte es auf Hände und Knie und kroch den Hang hinauf, der steiler war als angenommen, aber er brachte den Kopf über den Rand der Mulde, sah die Äcker und Gärten, das Gras vom Wind wie gestriegelt, in der Ferne das Kloster und den Weg, der dorthin führte. Er keuchte mit offenem Mund. Jack setzte sich neben ihn. Sie sahen Linda zu, die ein Stück weiter weg spazierenging.

„Warum sagst du nichts?“ sagte Jack.

„Ich warte, daß du etwas sagst“, sagte er.

„Und was möchtest du hören?“ sagte Jack.

„Am besten alles, meinst du nicht auch?“

„Du tust, als hätte ich Geheimnisse.“

„Jeder hat Geheimnisse“, sagte er, „wenigstens ein paar. Jeder und jede!“ Er wartete, daß Jack etwas sagte, aber Jack kramte in der Kühlbox nach einer neuen Flasche und öffnete sie, und so fragte er ihn: „Warum du nicht?"

„Ich weiß, was du denkst", sagte Jack.

„Ich denke nicht", sagte er. „Dr. Olsen hat's mir verboten!"

„Wirklich, ein guter Arzt!"

„Eine Koryphäe", sagte er.

Jack sprang auf, ging hinunter und holte Toms Glas. Während er die Ameisen wegschnickte, sagte Tom:

„Da habt ihr getanzt!"

„Du auch!" sagte Jack. „Oder?"

Er wirkte entspannt, als er sanft das Glas vollgoß. Weiß.

„Du hast hierher gewollt", sagte Tom.

„Erraten", sagte Jack. „Und weißt du, warum? Weil das ein Platz ist, an dem ich nicht lügen würde. Du hast eine tolle Frau, Tom! Die tollste, die ich kenne."

„Die tollste, die ich kenne", wiederholte Tom.

„Mach dich nicht lustig über mich."

„Heute ist alles wie früher."

„Und wie war das früher?"

„Nett", sagte Tom. „Nett, verrückt und vielleicht ein bißchen verlogen."

„Du warst jung und ich war Jack. Und Linda war noch toller als toll."

„Die tollste!" sagte er.

„Nichts anderes würde ich über sie sagen, wenn ich du wäre“, sagte Jack.

„Sei lieber froh, daß du nicht ich bist“, sagte er. „Linda hin oder her.“

„Erstens“, sagte Jack, „hast du nichts sehen können, und zweitens hast du nichts gesehen, weil es nichts zu sehen gab.“ Er seufzte und fischte eine rot glänzende Ameise aus Toms Glas. „Schon mal daran gedacht, daß du vielleicht gar nicht der einzige bist, dem's nicht besonders geht?“

„Ich hab nicht so viel Glück mit Frauen“, sagte er.

„Was soll denn das jetzt?“

„Tanz mit ihr!“

„Du hast Nerven.“

„Eben nicht“, sagte er, „eben nicht.“

„Glaubst du wirklich, ich hätte dich hierher geschleppt, wenn Linda und ich etwas miteinander hätten? Du mußt verrückt sein! Mach mich nicht traurig, Mann, mach mich bloß nicht traurig!“

Die Sonne wanderte ein Stückchen, und sie rückten ihrem Schatten hinterher. Er fühlte sich wie auf einer Reise durch sich selbst, heillos verirrt, aber glücklich über die Fremdheit.

„Was gibt's so viel zu reden?“ fragte Linda. Sie kauerte sich neben ihn, schlang die Arme um ihn und küßte ihn; er tastete wie nach Halt. „Wie geht's dir, Tom?“

„Frag Jack“, sagte er.

Jack stand auf und ging zu seinem Wagen. Er setzte sich hinters Steuer, legte den Kopf in den Nacken und trank aus der Flasche, trank sie aus. Dann warf er sie hinaus, gab plötzlich Gas und raste in einer Staubwolke davon, bremste abrupt, als wäre er gegen den Horizont geprallt, riß das Steuer herum, und der Wagen schlingerte mit schmirgelnden Pneus, Erde und Steine aufscharrend, durch die trockene Ackerkrume. Dann knallte es irgendwo da draußen im Staub, und deutlich war der Schrei eines Tiers zu vernehmen. Der Wagen, nur noch schemenhaft zu erkennen, geriet ins Trudeln, schoß auf den Weg und pflügte die Böschung auf. Jack stieg aus und folgte den Reifenspuren zurück, drehte sich nicht nach Linda um, die aufgesprungen war und ihm nachgerannt kam. Schnell wie ein Reh rannte sie über den Acker. Tom wäre gerne neben ihr gerannt, rutschte ein paar Meter auf den Knien, fiel um, bewegte sich nicht, als könnte er dadurch verhindern, schmutzig zu werden, hielt den Atem an, bis der Staub sich gelegt hatte. Wenn er den Kopf hob, sah er Jack und Linda wie über Wogen aus Lehm hinweg; sie waren über etwas gebeugt, das hin und her ruckte und mit den Läufen ruderte. Alles unterm Himmel war lautlos für lange Zeit.

„Linda“, sagte er, als sich Linda und Jack in die Arme fielen. Langsam kamen sie zurück, durch die Furchen stapfend.

„O mein Gott!“ sagte Jack, als er ihn liegen sah.

„Tom?“ rief Linda. Wie ein kleiner Schrei.

„Was war das für ein Tier?“ fragte Tom, als sie ihm aufhalfen. „Was war das für ein Tier?“

„Ich weiß nicht“, sagte Jack.

„Ich schau's mir an“, sagte er.

„Bleib lieber hier“, sagte Linda.

Jack hatte ihn losgelassen, war zum Wagen gegangen, legte eine Hand auf die Kühlerhaube und ging in die Hocke.

„Soll ich ein Foto von dir machen?“ rief Tom. „Titel: Jack betet nicht für Tiere.“

Jack stieg ein und versuchte, den Wagen zu starten, aber dauernd starb ihm der Motor ab.

„Schlimm?“ fragte Linda.

„Paar Dellen“, sagte Jack. „Aber er springt nicht an.“

„Hm“, sagte Linda.

„Du hast verdammtes Glück gehabt“, sagte Tom. „Du könntest tot sein, weißt du das?“

„Kluges Kerlchen“, sagte Jack, „sag mir lieber die Nummer vom Pannendienst!“

Tom fiel einfach nach hinten und schlief ein, wurde wach, als Linda sich neben ihn setzte.

„Ja, ruh dich ein bißchen aus“, sagte sie.

„Ja.“

„Liegst du gut?“

„Ja.“

„Wirklich?“

„Fabelhaft!“

„Jack kriegt das schon in Ordnung“, sagte sie.

„Was für ein Tier war das?“

„Ein Hund“, sagte sie.

Jack telefonierte mit dem Handy.

„Was für ein Tag ist heute?“

„Sonntag“, sagte sie.

„Sonntag?“

„Ja, Sonntag!“

„Bin lang nicht mehr draußen gewesen, hm?“

„Du warst im Krankenhaus, vergiß das nicht!“

„Nach was riecht's hier?“ fragte er.

„Nach Gras“, sagte sie.

„Riecht ekelhaft“, sagte er. „Ist es wenigstens grün?“

„Grün wie…“ Sie wußte nicht weiter.

„Hört mal, ich will hier nicht so rumliegen!“

Jack rief: „Du mußt nichts, was du nicht magst.“ Er schlenderte zu ihnen und blieb so stehen, daß sein Schatten auf Tom fiel.

„Ihr könnt euch küssen“, sagte Tom.

„Was?“ sagte Linda.

„Küssen“, sagte Tom. „Ich sagte: küssen.“

„Hast du Probleme mit der Sonne, Tom?“ sagte Jack.

„Mit welcher Sonne?“

„Schon gut, Tom, schon gut!“

„Was ist mit deinem Gesicht los? Du blutest!“

„Das kommt vom Licht“, sagte Jack.

„Was für Licht?“

„Was du für Blut hältst, ist nur Schweiß“, sagte Jack.

„Seit wann gibt's roten Schweiß?“ sagte er, lachte, ein bißchen entgeistert über die Art seines Lachens. „Wie lange küßt ihr euch eigentlich schon?“

„Wir küssen uns nicht“, sagte Linda.

„Auch nicht hinter deinem Rücken, wenn du das meinst“, sagte Jack. „Ich küsse nicht die Frauen meiner Freunde.“

„Die Frauen meiner kranken Freunde, die geilen“, sagte er.

„Du weißt hoffentlich nicht, was du sagst, okay?“

„Danke für alles, Jack!“

„Du mußt dich für gar nichts bedanken, Tom!“

„Ich glaube, das weiß ich besser, Jack.“

„Du weißt, was du sagst, okay, Tom?“

„Und ob!“ sagte er.

Er wandte sich an Linda, die mit angezogenen Beinen dasaß und die Hände um ihre Knie gefaltet hatte. „Einmal haben wir – es war an einem Tag wie heute, genauso grün – Kürbiskuchen am Waldrand gegessen, weißt du noch?“

„Stimmt das, Linda?“ fragte Jack.

„Es war neben einer Tankstelle, aber es war Kürbiskuchen. Den Kürbiskuchen hatten wir in einem Bauernladen gekauft, und wir aßen ihn und sahen zu, wie man an der Tankstelle unsern Wagen repariert hat: es war wunderschön, ich meine, es war genau die richtige Stelle, daß uns die Karre kaputt ging. Genau die richtige Stelle."

„Hinterher war es nie wieder so. Aber damals sah ich diese Schönheit, nur diese Schönheit der Welt und des Lebens. Diese einfache Schönheit. Diese alte Schönheit. Es war das erste Mal, daß ich diesen Schmerz im Kopf spürte. Bei jedem Bissen tat es plötzlich weh. Es lag nicht am Kuchen. Der Kuchen war wunderbar mürbe. So mürbe, daß von jedem Stückchen etwas in eine Öllache bröckelte, die wie ein fettiges, ausgelaufenes Auge auf dem Asphalt schillerte."

„Hab ich nicht bemerkt", sagte Linda.

„So sind die Frauen", sagte Jack.

„Wie?" fragte Linda.

„Das Unangenehme", sagte Jack, „das wollen sie nicht wahrhaben."

„Anders ließen sich die Männer nicht ertragen", sagte Linda.

Jack lachte, aber nur Jack, und Tom sagte:

„Irgendwann war unser Wagen fertig repariert. Linda hat ihn gefahren, ich hab Aspirin geschluckt. Hast du schon mal ein kaputtes Auto fotografiert, Jack? Oder eine Öllache mit Kürbiskuchenbröckchen? Mit solchen Bildern gewinnst du keinen Preis, Jack! Nicht mit solchen Bildern! Du mußt mir den Mund zuhalten, Linda! Wer hat die Sonne umgedreht? Die Wolken sind voller Vögel. Sie schreien. Schreien meinen Namen. Schreien: Tom! Hallo, Dr. Olsen, wie geht's?"

Fantastisch, Tom! Alle meine Patienten leben! Wie geht's Ihnen?

„Ich weiß nicht!"

Sie wissen nicht, wie's Ihnen geht, Tom? Ich darf doch noch Tom zu Ihnen sagen, Tom?

„Natürlich, Doktor! Sie dürfen immer Tom zu mir sagen. Sie sind schließlich jemand, der mich besser kennt als ich mich selbst."

Seien Sie sich da nicht so sicher. Ich bin Arzt, Tom, vergessen Sie das nicht. Mich interessiert nicht die Psychologie, sondern ob Sie Schmerzen haben! Haben Sie Schmerzen?

„Manchmal. Und manchmal nicht so sehr."

Solange Sie Schmerzen haben…

„… so lange leben Sie, sagen Sie immer."

Nehmen Sie den Schmerz als Beweis, daß Sie am Leben sind, Tom.

„Und wie ist das mit dem Tod, Dr. Olsen?"

Der Tod ist ein äußerst harmlos scheinendes Wort, würde ich sagen.

„Und das Leben nichts weiter als die letzte Einsamkeit vor dem Tod oder was?"

Hören Sie, Tom, ich vertrete nach wie vor die Meinung, daß Sie in Ihrem Zustand in eine Klinik gehörten! Alles, was dort weiß gekleidet ist und nicht fliegt, sind Schwestern und Ärzte, falls Sie das beruhigt.

„Wissen Sie, an manche Dinge erinnere ich mich, als hätt' ich sie schon mal in einem andern Leben erlebt."

Zum Beispiel?

„Zum Beispiel daran, wie Sie sich gefühlt haben, als Sie mir den Befund mitteilten: Sie haben fast geheult, Dr. Olsen!"

Unmöglich, Tom, ganz und gar unmöglich! Sie waren zu diesem Zeitpunkt blind vor Panik!

„Ich hab's gehört, daß Sie gern geheult hätten."

Weil ich Sie mochte, Tom! Sind Sie jetzt zufrieden?

„Pardon, Doktor!"

Kommen Sie, Tom, nicht aufgeben! Sie sind stark! Sie haben Kraft! Ihre Frau ist bei Ihnen! Ich bin bei Ihnen! Ich gebe Ihnen alles, was ich geben darf. Am Ende ist es vielleicht nicht genug…

„Schläft er?"

„Weiß man nie!"

„Ich liebe ihn."

„Ich liebe ihn auch."

„Tom?" sagte Jack. „Schläft er?" fragte er Linda.

„Tom?" sagte Linda, etwas lauter als Jack. „Schläfst du?"

„Er hat den Kopf in der Sonne", sagte Jack.

„Sonne hat er immer geliebt", sagte Linda. „Konnte nie genug davon kriegen, vom Licht, von der Wärme und so." Sie schluchzte plötzlich und rupfte ein paar Grashalme aus. „Tut mir leid, Jack, ich weiß nicht, was plötzlich los ist mit mir." Sie hielt den Atem an. „Pst!" Jack machte es wie sie, und sie hörten Tom beim Atmen zu. „Das ist das schönste Geräusch", sagte sie. „Jeden Morgen danke ich Gott für dieses Geräusch."

Rehe schritten über den Acker, bewegten sich wie in sanften Strömen aus Luft. Linda und Jack sprachen leise, aber nicht deswegen.

„Wie gehn die Geschäfte, Jack?"

„Ganz gut", sagte Jack.

„Mhm", machte Linda.

„Ich hab Aufträge noch und noch. Mehr als ich schaffen kann."

„Ein gutes Gefühl, oder?"

„Das beste!" sagte Jack.

„Er träumt", sagte Linda.

„Ich mach noch ein paar Fotos", sagte Jack.

„Nicht jetzt, Jack!"

„Warum nicht?"

„Weil er nicht besonders vorteilhaft aussieht im Schlaf mit dem Gesicht in der Sonne. Jack, bist du sehr allein?"

„Nein, eigentlich nicht! Ich hab meinen Job, und manchmal rufen die Kinder an."

„Und manchmal rufen die Kinder an", sagte sie.

Die Rehe waren nicht mehr zu sehen, waren fort, der Wind spielte mit dem Staub.

Sie schluckte, sagte: „Was, wenn die Liebe alles nur noch schlimmer macht?"

„Er schwitzt“, sagte Jack.

„Wie lange brauchen die Leute vom Pannendienst?“

„Das dauert“, sagte Jack.

„Wir sind hier ziemlich weg, wie?“

„Wir können ihn ins Auto legen“, sagte Jack.

„Laß ihn hier draußen“, sagte sie.

„Gut“, sagte Jack.

„Er atmet so nett, hörst du?“

„Er hat’s schwer, nicht wahr?“

„Er denkt, wir beide hätten was miteinander“, sagte sie.

„Da denkt er falsch und glaubt es nicht“, sagte Jack.

„Als es ihm noch gut ging …“, sagte Linda.

„Als es ihm noch gut ging?“ fragte Jack.

„Als es ihm noch gut ging, war er nicht so“, sagte sie.

„Kein Wunder“, sagte Jack, „da war er jünger und gesund.“

„Ohne Dr. Olsen wüßten wir nicht was“, sagte sie. „Ohne Dr. Olsen und dich wären wir aufgeschmissen, Jack.“

„Sag das nicht“, sagte Jack.

„Weißt du, im Schlaf macht er manchmal den Mund auf, als möchte er singen“, sagte sie. „Aber es kommt kein Ton heraus. Dann schnappt er nach Luft. Das kann lange dauern, Jack, sehr lange.“

„Verstehe, daß dich das mitnimmt“, sagte Jack.

„Jack?“ sagte Linda. „Jack, was bringen dir die Fotos, die du von uns machst?“

„Gar nicht so einfach, das zu sagen“, sagte er. „Vielleicht will ich mit den Fotos zeigen, daß ihr für immer und ewig zusammengehört? Die Menschen sind aus Fleisch und Blut, Mann und Frau, Liebe und Haß. Ich weiß, große Worte für kleine Bilder. Sagen wir so: Indem ich Tom auf einem Bild festhalte, entreiße ich ihn der Vergänglichkeit.“

„Eine Antwort“, sagte sie.

„Vielleicht tu ich das ja alles nur, damit man ihn eine Sekunde weniger vergißt“, sagte Jack.

„Du oder ich?“ fragte Linda.

„War eine Scheißidee“, sagte Jack.

„Wann kommen die Leute vom Pannendienst?“ sagte Linda. Aber es war schon keine Frage mehr. Sie stand auf, tippte Jack mit dem Zeigefinger gegen die Stirn. „Paß auf ihn auf“, sagte sie, „bin gleich wieder da!“

Sie ging hinunter ins Gehölz. Jack ging neben ihm in die Hocke, boxte sich mit der Faust in die Hand, daß es klatschte.

„Du verdammter Scheißkerl“, sagte er, „ich liebe dich.“

„Was war das für ein Tier?“

„Ich muß dir was sagen, Tom“, sagte Jack.

„Was mußt du mir sagen?“

„Das ist nicht so einfach zu sagen, Tom“, sagte Jack.

„Dann lassen wir's besser, Jack."

„Es geht um dich und mich", sagte Jack. „Um unsre Freundschaft."

„Du bist es, der die ganze Zeit mit ihr spielt", sagte Tom, „nicht ich!"

„Mach die Augen auf, wenn ich mit dir rede", sagte Jack. „Schau mich an!"

Er tat ihm den Gefallen, machte ein Auge auf, sah Linda zurückkommen.

„Was gibt's zu tuscheln?" fragte sie.

„Geheimnis", sagte Tom.

„Ich liebe Geheimnisse", sagte sie.

„Ich auch", sagte Tom. „Und wie ist das mit dir, Jack?"

„Geheimnisse sind was für Feiglinge", sagte Jack, es sollte großkotzig klingen. Die Kamera baumelte wie ein Gewicht an seinem Hals.

Tom öffnete auch das andere Auge und ihm war, als rutschte er einen steilen Hang hinab, rasend schnell und umhüllt von einem bitteren, säuerlichen Geruch. Unten angelangt, hörte er wieder den Todesschrei des Tiers, schrie lauter diesmal, drückte den Knopf, wieder und wieder. Was hatte Dr. Olsen gesagt? Was Linda? Was Jack? Was hatte er geträumt, was erfunden? Er hielt sich fest, kam zu sich, zeigte Jack die Zähne, Jack, der neben ihm kauerte und ihn durch die Kamera hindurch ansah, suchend, als wäre er verschwunden, als wäre vorerst nur sein Schatten zurückgekehrt. Er merkte, daß er Lindas Fuß umfaßt hielt, die Wärme ihres Fußes strömte bis in seinen Ellbogen, und es war seine Rettung, sich daran festhalten zu können, die Glätte der Nägel und die basaltene Beschaffenheit der Hornhaut an der Fersenrundung zu spüren.

„Ich hab einfach geschlafen“, sagte er.

„Und meinen Fuß gehalten“, sagte Linda.

„Na toll“, sagte er, als wäre es ihm ein bißchen peinlich vor Jack, der mit seiner Kamera zugange war.

„War ein schönes Gefühl“, sagte Linda.

„Und ein schönes Foto“, sagte Jack. „Du kannst sie loslassen.“

„Ich hab das nicht wegen dir getan, Jack“, sagte er.

„Du hast an mir gezogen, als hätte ich Flügel bekommen“, sagte Linda.

„He, Jack, hast du Lindas Flügel fotografiert?“

„Das kommt später“, sagte Jack. „Wenn ich mit dir fertig bin.“

„Hör mal weg“, sagte er zu Jack. Zu Linda sagte er: „Ich liebe dich.“ Und als hätte das vielleicht einer anderen gelten können, sagte er: „Linda, ich liebe dich.“

„Du kannst meinen Fuß so oft halten, wie du willst“, sagte sie. „Weil ich liebe dich auch.“

„Es hat ausgesehn, als hättest du ganz sichergehn wollen, daß sie keinen Schritt mehr von deiner Seite macht.“

„Ich bin anhänglich, so verdammt anhänglich“,

sagte er, räusperte sich die Hitze aus dem Hals. „Anhänglich bis zur Belastung." Er wandte sich an Jack: „Wie heißt das Foto? Der Verlierer verliert das Gedächtnis an seinen Verlust?"

„Tut mir leid, daß es dich anstrengt", sagte Jack. „Alles meine Schuld!"

„Linda", sagte er.

„Tom?"

„Versprich mir, daß du oft hierher kommst!"

„So oft ich kann", sagte sie. Hielt ihm den Mund zu, und als das zu auffällig wurde, küßte sie ihn. Ihre Lippen waren trocken, rissig.

Jack sah ihnen eine Weile zu, dann sagte er: „Hört ihr nichts? Ich glaub', das Auto kommt."

Sie horchten. Konnte auch der Wind sein, der die Wolken gegeneinander krachen ließ. Oder es waren die Mönche im Kloster, die den Heiligen die Bärte absägten. Ein röhrender Hirsch rief nach seinem toten Reh.

„Warst du oft hier draußen, Jack?" fragte er.

„So oft nun auch wieder nicht, würd' ich sagen", sagte Jack.

„Riechst du's, das Gras?"

„Ja, jetzt, wo du's sagst, riech ich's."

„Riecht widerlich, was?"

„Es geht", sagte Jack.

„Ewig her, seit ich das letzte Mal Gras gerochen hab", sagte er. Würd' am liebsten kotzen, so beschissen riecht's."

„So schlimm ist es nicht“, sagte Jack.

„Radieschen riechen besser“, sagte er.

Diesmal kam Linda zu spät mit ihrem Kuß.

„Du hast die Rehe verpaßt“, sagte Jack, nervös lachend.

„Hab ich?“

„Sie waren zu weit weg, um sie zu fotografieren“, sagte Jack.

„Was macht dich denn so kribblig, Jack?“

„Willst du das wirklich wissen?“

„Aber immer, Jack!“ sagte er.

„Ob du mir glaubst oder nicht, es macht mich kribblig, daß es mir so scheißgut geht.“

„Wenn's weiter nichts ist: ich hab ganz gern glückliche Freunde“, sagte er.

„Komm, laß dich küssen!“ sagte Jack. Er küßte ihn, betont schmatzend.

„Linda kann das besser“, sagte Tom.

„Glück gehabt, Alter!“ sagte Jack.

„Linda küßt enorm“, sagte er. „Hab ich recht?“

„Du mußt das am besten wissen“, sagte Jack.

„Ich muß das am besten wissen? Warum ich?“

„Es reicht, Tom!“ sagte Jack.

„Was ich gesehn hab, hab ich gesehn“, sagte er.

„Weißt du, was zwischen Traum und Wirklichkeit liegt? Ich sag's dir, Tom: Die Einbildung. Deine Einbildung!“

„Schmerzend schöne Küsse“, sagte er, spuckte aus.

„Blödmann!“ sagte Jack.

„Da habt ihr aber Glück, daß ich zu alt für ein Flittchen bin!“ sagte Linda.

„Du tust Linda weh“, sagte Jack.

„Verdammter Pannendienst!“ sagte er. „Wann werden wir endlich gerettet?“

„Soll ich einen Krankenwagen rufen?“ fragte Jack.

„Warum nicht gleich den Leichenwagen?“ sagte er. „Was wollt ihr überhaupt? Wenn ich tot bin, könnt ihr euch küssen, bis es weh tut.“

„Geh ein bißchen spazieren, Jack“, sagte Linda.

„Schick ihn nicht weg“, sagte Tom. „Da liegen überall tote Tiere. Wo warst du denn überall, Jack?“

„Uninteressant“, sagte Jack.

„Sag das nicht“, sagte er.

„Hier nicht, wenn du das meinst“, sagte Jack.

„Allein macht's keinen Spaß“, sagte Tom.

„Mit dir auch nicht mehr so sehr“, sagte Jack.

„Ich bin nicht mehr der Alte“, sagte er.

„Und ich bin nicht aus Mitleid dein Freund, sondern weil ich dich mag, vielleicht mehr als jede Frau auf der Welt.“

„Linda“, sagte er, „hast du gehört? Ich krieg Komplimente von Jack!“

„Weich mir nicht aus, Tom!“ sagte Jack.

„Wie soll ich das machen, dir auszuweichen? Selbst wenn ich es wollte, ich könnte es nicht, Jack!

Ich lieg hier, hier vor deinen Füßen, oder soll ich sagen, hier wie dir zu Füßen? Steig mir nicht ins Gesicht! Steig mir bitte nicht ins Gesicht! Paßt auf, damit uns der verdammte Pannendienst findet! Also los, wo bist du die letzte Zeit gewesen, Jack?"

„In Afrika", sagte Jack.

„Afrika ist groß", sagte er.

„Das sagen alle Leute", sagte Jack. „Ob sie dort waren oder nicht."

„Du also nicht", sagte er.

„Ich war ein paar Tage in der Tigerbucht", sagte Jack.

„Kenn ich nicht", sagte er.

„Angola", sagte Jack. „Hab Waisenkinder fotografiert. Waisenkinder und wilde Hunde. Alle gleich hungrig und alle ohne das eine oder andere Bein – Minen."

„Seit wann glaubst du an Gott?"

„Weiß ich nicht mehr", sagte Jack. „Vergiß es!"

„Ich bin wirklich neugierig", sagte Tom.

„Dann hab ich runtergemacht ans Kap und hab ein paar Tage in Kalk Bay angehängt", sagte Jack.

„Sagt mir nichts", sagte er.

„Langsam frag ich mich wirklich, wo die Typen vom Pannendienst bleiben", sagte Linda.

„Wenn ich mal alt bin", sagte Jack, „dann hab ich vor, mir ein Haus in Kalk Bay zu kaufen."

„Wieviel Zimmer?" fragte Tom.

„Weiß ich nicht."

„Ein Gästezimmer für Linda ist hoffentlich geplant!“ sagte er.

Jacks Haus steht am Hang, am Hang überm Hafen, schwebend im weißen Licht, und die Sonne rollt den Hang hinab, rollt über den Ozean… Tom schloß die Augen, wollte die Tränen nicht herauslassen. Er spürte die Erde unter sich, ihre Fülle, ihre Ausdehnung, der harte Leib einer Mutter, das Gewicht des Kästchens, in dem es arbeitete, er war kein Kind mehr, die Welt war zu Ende.

„Jack?“

„Ja?“

„Jack, du sagst mir doch, wenn ich die Augen wieder aufmachen darf, oder?“

„Jetzt!“ sagte Jack.

Sein Kopf sank zur Seite, und das Auto mit dem gelben Kreuz des Pannendienstes kam auf sie zu, und Linda und Jack sprangen auf winkten. Es stoppte neben Jacks Wagen. Zwei Mechaniker stiegen aus und sagten „Hallo“. Sie trugen ölschwarze Overalls und Kappen mit Gummischirm, klappten die Motorhaube auf und machten sich an die Arbeit, machten nicht einmal halb soviel Krach wie der junge Cazzanelli. Jack hatte sich zu ihnen gesellt, während Linda bei ihm geblieben war. Ab und zu schauten die Mechaniker herüber zu Linda und ihm, und an ihren Blicken war zu sehen, daß sie annahmen, er sei betrunken, weil er am Boden lag. Die Rehe kamen nicht zurück, und plötzlich war es, als würde die Natur darauf warten, daß Gott die Welt neu erschaffe. Kein Hundegekläff. Kein Löwengebrüll. Linda hielt seine Hand, wackelte mit den nackten Zehen.

„Mach Tempo, Jack!“ rief sie.

Jack tänzelte, gab seinem Wagen ein paar muntere Tritte. Und fast im gleichen Augenblick jubelten die Mechaniker los, als der Motor mit einem satten Grollen ansprang.

Gehen Sie, Tom! sagte Dr. Olsen.

Die Welt war so groß. Er ging zum Wagen und wunderte sich, daß er das konnte, aber Linda führte ihn, setzte sich neben ihn. Draußen bezahlte Jack die Mechaniker, dann rutschte er hinters Steuer.

„Hey“, sagte er erschrocken, als er in den Rückspiegel blickte, „weinst du?“

Er mußte es ihnen sagen.

„Ich liebe dich, Linda“, sagte er, „und ich mag dich, Jack!“

„Wir auch“, sagten sie gleichzeitig und lachten gleichzeitig, und er bekam ihre Liebe von allen Seiten, die Liebe seiner Frau und die Liebe seines Freundes, so viel! Ein Gefühl, als würde sein Herz von der Pumpe gespeist.

„Tut mir leid!“ sagte Jack.

„Wegen was?“ fragte er.

„Wegen der Unannehmlichkeiten“, sagte Jack.

„Du hast alles sehr gut gemacht“, sagte Linda.

„Dann nichts wie zurück“, sagte Jack.

Die Stimmung war gut, und Jack jagte den Wagen in die Kurven. Hinter ihnen türmten sich Wolken und Felsen, und der Wagen schoß hinunter ans Wasser. Im Hafen war die Fähre zum Ablegen bereit, und während sie Kurs zum Festland nahm, blieben sie im Wagen, sahen hinaus in die verschwommene Landschaft; hinten am Horizont waren Wasser und Himmel schon vom ersten Abenddunst umflort. Jack kurbelte an seiner Seite die Scheibe herunter und machte ein paar Aufnahmen von der Kolonie von Krauskopfpelikanen, die mit den Flügeln flatterten und ihre Schnäbel aufrissen, aber das Heulen der Turbinen, das aus dem Maschinenraum aufstieg, war durchdringend laut und legte sich über alles. Auch über das feine, zarte Klicken der Pumpe, das er zu hören glaubte.

„Wir haben uns nicht geküßt", sagte Linda.

„Jedenfalls nicht so, wie du denkst", sagte Jack.

„Ich kann das nicht mehr so gut wie früher", sagte er.

Als niemand etwas erwiderte, sagte er: „Früher hätte ich meine Frau selber geküßt. Niemand sonst!"

„Gib uns nicht die Schuld, wenn du dir die falschen Sachen einbildest", sagte Jack.

„Bist du gereizt, Jack?" fragte er.

„Und wie!" sagte Jack. „Ich mag's nicht, daß du etwas so darstellst, wie es nicht gewesen ist."

„Wie ist es denn gewesen?“

„Wir hätten dich da draußen liegen lassen sollen“, sagte Jack grimmig.

„Und warum habt ihr’s nicht getan?“

„Weil Linda dich liebt“, sagte Jack. „Darum!“

„Und warum sagt sie mir das nicht selber?“ fragte er.

„Ich sag das nicht auf Befehl“, sagte Linda.

„Ich liebe dich“, sagte er. „Hast du gehört, Jack?“

„Ja“, sagte Jack.

„Ich liebe Linda“, sagte er.

„Hör auf“, sagte Linda.

„Und du, Jack?“ fragte er.

„Hör mal zu“, sagte Jack, „du machst mich noch ganz wahnsinnig. Wenn ein Mann die Frau eines Freundes küßt, dann ist das ein Kuß der Verehrung für den Freund und dessen Frau. Geht das in deinen Kopf, Tom?“

„In meinen ja“, sagte er. „In meinen Kopf geht alles. In meinem Kopf war schon Dr. Olsen mit seinem ganzen verdammten Handwerkszeug.“

Jack fuhr den Wagen von der Fähre herunter. Sie hätten sich umdrehen und einen Blick zurück werfen können, aber das wäre dann so gewesen, als hätten sie alle die gleiche Erinnerung gehabt an die Stunden dort oben auf dem Plateau, und sie ließen es. Wegen des zunehmenden Verkehrs fuhr Jack jetzt langsamer. Er sagte nichts mehr, weder zu ihm noch zu Linda. Tom fühlte sich schläfrig, als hätte sich aus der Pumpe ein Schwall Opioide in ihn ergossen, so schläfrig, schwach. Er tastete nach Linda, und sie ergriff seine Hand und hielt sie, und alles war gut, auch wenn Jack nichts sagte. Jack fuhr hervorragend. Kein Tier kam unter die Räder. Als sie sich der Stadt näherten, ließ Linda seine Hand los und er legte sie auf Jacks Schulter. Jack drehte sich nicht um, starrte auf die Straße.

„Ich wollte, ich hätte eine Frau wie Linda“, sagte er endlich. „Aber das sag ich nur dir und ihr!“

„In Ordnung“, sagte Tom.

„Aber du bist mein Freund“, sagte Jack, „und sie ist deine Frau.“

„Wenn ich tot bin“, sagte er, „könnt ihr machen, was ihr wollt.“

Jack lenkte den Wagen an den Straßenrand und bremste. Disteln scharrten an der Karosserie entlang. Jack schüttelte den Kopf, ließ ihn aufs Lenkrad sinken. Eine ganze Weile saß er unbeweglich, dann wischte er sich die Augen, wischte und wischte. Dann drehte er sich um, und Tom sah die Streifen Nässe in seinem Gesicht. Linda sagte, wenn Jack wolle, würden sie sich von hier aus ein Taxi nehmen, aber Jack schüttelte den Kopf. Draußen waren die Vororte, bewohnt von Leuten, die lebten und starben, ohne daß sie von Jack fotografiert worden waren. Und so saßen sie eine Weile im Wagen. Linda sah ihn nicht an, wenn er sie ansah, sah starr geradeaus, an Jacks Kopf vorbei, und er lehnte sich leicht zur Seite, um erkennen zu können, wohin sie blickte, dann ließ er sich nach vorne sinken, schlang von hinten die Arme um Jack, weinte ebenfalls.

Als sie weiterfuhren, machte Jack wieder einen Umweg, damit sie nicht am Hospital vorbeikamen.

Der junge Cazzanelli hockte auf der Kühlerhaube seines Autos und hielt ein Mädchen umarmt, das zwischen seinen Knien stand und ihm eine Blüte vom Hibiskus in den Mund zu stopfen versuchte, ihr Gekreische lauter als die Musik aus dem Car HiFi. Jack stoppte direkt neben ihnen und stieß die Wagentür auf.

„Mein Freund da ist krank“, sagte er. „Aber nur mein Freund! Kapiert?“

Dann wartete er auf eine dumme Bemerkung, aber es kam keine. Das Mädchen beugte sich ins Wageninnere und drehte leiser. Man sah dabei die Hinterseite ihrer nackten Schenkel.

„Ganz aus!“ sagte Jack.

Der junge Cazzanelli nickte und rutschte von der Kühlerhaube. Dann kam der Köter der Kinnards angehoppelt, sprang schrill kläffend am Wagen hoch, und als Jack die Beine hinausschwang, rannte er davon.

Die letzten Meter wollte Tom alleine gehen. Vom Auto zum Haus. Und weiter. Von der Schwelle zum Bett. Vor der ersten Stufe zur Veranda gaben seine Beine nach und er landete auf den Knien, kam ohne fremde Hilfe nicht mehr hoch. In einer Anwandlung von Bitterkeit bedauerte er es, daß der junge Cazzanelli und sein Mädchen Zeugen seiner Hinfälligkeit geworden waren, und war gleichermaßen verwundert, daß sich der Hund der Kinnards, seine elende Schwäche witternd, nicht auf ihn gestürzt hatte. Jack und Linda stellten ihn auf die Beine.

Tom wollte ohne sie sein, wenn er sich verlor.

Ohne die Cazzanellis.

Ohne die Kinnards.

Ohne sich.

IV.

Ein Schattenbalken lag quer über seiner Matratze, sah aus wie ein zerspellter Bootsmast und das Laken wie ein Stück Leinwand, bestäubt mit blauschimmerndem Schnee. Er versuchte noch einmal, sich loszureißen, zum Tisch zu kommen, vom Tisch zum Fenster, hätte gerne etwas hinausgeworfen, ein Buch, ein paar Haare. Er schaffte es nicht mehr richtig, aufrecht zu sitzen, weil sich die Matratze unter ihm dauernd verschob und er von einer Seite auf die andere kippte, manchmal vor und manchmal zurück. Linda drückte ihn ganz sanft nieder, half ihm beim Hinlegen, und als er endlich lag, war sein Hemd durchgeschwitzt. Sie wollte ihn ausziehen, aber er wollte das nicht. Nicht wegen Jack, sondern wegen des Gefühls, das es ihm gab, seine Straßenkleidung zu tragen, das Gefühl, es könne endlos so weitergehen. Jack kommt jetzt jeden Tag und zeigt ihm die Welt, und jeden Tag nimmt Jack ein Buch aus dem Regal mit auf die Reise und wirft es irgendwo aus dem Wagen. Er lag da und dachte daran, daß ihn die Mechaniker auf dem Plateau für einen Alkoholiker gehalten hatten. Einer hält plötzlich die Pumpe in der Hand und schüttelt sie wie ein kaputte Uhr, und sein Kollege sagt, was ist denn das für ein Ding? Er sah jetzt sogar wieder die Freundin des jungen Cazzanelli, die den Hund der Kinnards im Nacken kraulte, und während er ihr zusah, erinnerte er sich an die grobporige Haut ihrer Schenkel, die sie gezeigt hatte, lebendiger Beweis, daß morgen Kinder geboren werden. Und dann schritt er federnd den blühenden Hang zu Jacks Haus hinauf, und auf dem Dachfirst hockte eine Reihe Krauskopfpelikane, die ihn mit rauhen Schreien begrüßten. Er schlief kurz ein, hörte noch, wie Linda und Jack aus dem Zimmer gingen, dann machte er sich an der Pumpe zu schaffen, kontrollierte den Zeiger am Medizintank, der sich im mittleren Bereich befand und bewies, daß nichts vergeudet war von den Kostbarkeiten der Pharmazie. Die Stelle, an der die Kanüle gesetzt worden war, näßte ein bißchen, aber so wenig, daß er es nicht einmal Dr. Olsen gezeigt hätte. Leise zitternd streichelte er das Gehäuse, wälzte sich zur Seite, knipste die Lampe an, der Schmetterling war nicht mehr da. Fortgeflogen. Linda und Jack kamen wieder herein, rochen nach Rauch. Jack hatte noch eine Spur Rot auf den Lippen, der Fleck nicht größer als eine im Mundwinkel zerdrückte Beere.

Tom sagte Jack, daß er Lippenstift am Mund habe.

Jack wischte sich ab, musterte den roten Streifen auf dem Handrücken.

„Laß sehn", sagte Linda zu Jack, nahm seine Hand. Dann sagte sie zu Tom: „Bevor du weiß Gott was denkst …"

„Ich denke weiß Gott was nichts", sagte er.

„Wir haben zusammen eine Zigarette geraucht", sagte Jack.

„Eine zusammen", sagte Linda.

„Ich dachte, du rauchst nicht mehr", sagte er zu Jack.

„Ab und zu", sagte Jack.

„Trink noch was."

„Ich muß noch fahren."

„Nach Afrika?"

„Nachhause", sagte Jack.

„Bleib noch ein bißchen."

„Klar", sagte Jack.

„Hör auf zu rauchen", sagte er zu Jack.

Jack nickte.

„Und du hör auf zu küssen", sagte er zu Linda.

Linda ging in die Küche. Sie kam mit dem Ascher zurück, zeigte ihm den mit Lippenstift verschmierten Stummel.

Er hoffte, sie sahen, daß er nickte, weil er den Kopf kaum vom Kissen hochbrachte.

„Mabel hat auch geraucht", sagte er. „Mit fünfzehn hat sie angefangen und nicht mehr aufgehört."

„Das ist lange her", sagte Linda.

„Als Mabel ein Kind war, da wollte sie sonntags immer in die Kirche und nichts konnte sie davon abbringen, kein Wetter, kein müder Daddy. Wir wohnten damals noch in einem anderen Viertel und die Kirche war schon ziemlich morsch und rußig, um nicht heruntergekommen zu sagen, aber im Innern voller Licht, wie von Kerzen aus Eis. Mabel ging da rein wie eine kleine Braut. Als sie älter wurde, wurde sie Jesus leider untreu, fing sich diese ganzen Männergeschichten an.“

Einen Moment konnte er an nichts anderes mehr denken als an sie.

„Jack?“

„Ja?“

„Seid vorsichtig“, sagte er.

„Vorsichtig warum?“ fragte Jack.

„Hier war ein Schmetterling, und vielleicht ist er noch da“, sagte er.

„Stört er dich?“

„Im Gegenteil“, sagte er.

„Soll ich ihn suchen?“

„Laß ihn in Ruhe“, sagte er.

„Wie du willst“, sagte Jack, ging in die Küche, und sie hörten, wie er sich am Kühlschrank bediente. Tom ließ Linda nicht aus den Augen, die plötzlich telefonierte.

Dr. Olsen, sagte sie, *heute hat mir Tom von einer Frau im Spiegel erzählt. Sie sei nackt gewesen, habe getanzt und mit ihm gesprochen. Ich habe den Spiegel mit dem Gesicht zur Wand gehängt. Aber er merkt es nicht einmal. Er sieht diese Frau, und diese Frau ist nackt, und er kann mir nicht sagen, warum sie nackt ist. Wäre sie nicht nackt, hat er gesagt, könnte sie ebensogut Jack in Frauenkleidern sein.*

Jack kam mit einem Glas Limonade aus der Küche, hatte sich den Lippenstift von den Händen gewaschen. Der Falter hing im Staub der Jahre, spreizte ermattet die Flügel.

Ich, sagte Linda, *versuche bis zuletzt tapfer zu sein, schon wegen ihm. Tom hat's verdient, daß man tapfer ist! Aber wissen Sie, ich habe Angst, daß das öfter vorkommt, das mit Frauen im Spiegel, die nackt tanzen. Was ist das eigentlich, was Sie ihm da geben, Dr. Olsen?*

„Dann sehn wir uns heute das letzte Mal, Jack", sagte er.

„Das ist nicht gesagt, Tom", sagte Jack.

„Du sagst gar nichts, Linda?" sagte er.

„Was soll ich sagen?" sagte Linda. Sie legte auf und nahm einen Schluck aus Jacks Glas.

„Ich mach noch ein paar Fotos", sagte Jack. „In Ordnung?"

Tom nahm seine ganze Kraft zusammen, fragte gespielt vergnügt: „Wie schau ich aus?"

„Ich paß schon auf, Tom", sagte Jack.

„Wie ist mein Gesicht?" fragte er.

„Du bist immer ein gutaussehender Mann gewesen, Tom."

„Was mach ich für ein Gesicht im Schlaf? Würde ich mich erkennen?"

„Garantiert", sagte Jack.

„Weißt du, daß Linda überall die Spiegel höher gehängt hat?"

„Das ist nicht wahr", sagte Linda, „das bildest du dir ein!"

„Im Liegen nimmt man zwangsläufig die Patientenperspektive ein", sagte Jack.

„Das hast du aber hübsch freundlich gesagt, Jack! Würd' dir gern in den Hintern treten, wenn ich könnte!"

„Au ja", grinste Jack und fotografierte ihn.

Er machte ein paar Fotos, dann sagte er: „Du hast ein starkes Gesicht, weißt du das?"

„Ich lächle für dich! In Ordnung, Jack?"

„Gut so!"

Jack ging zum Spiegel, blickte hinein, trat einen Schritt zur Seite und richtete die Kamera auf das Bild, das er darin sah. Dann kam er zurück, knipste die Lampe neben der Matratze aus, und es war noch nicht einmal dämmrig. Jack fotografierte das Fenster und durchs Fenster das, was draußen zu sehen war, Dächer und Bäume, die Nachbarn, ihren Hund. Dann fotografierte er Linda vorm Fenster und zuletzt vorm Spiegel. Sie zierte sich, aber Jack hatte vollkommen recht, sie zu fotografieren: sie war ein Teil von ihm und ohne sie wären die Fotos unfertig und lückenhaft gewesen. Er beobachtete Jack bei seiner Arbeit, und in einer Anwandlung von Stolz und Verzagtheit hätte er ihm am liebsten die Pumpe gezeigt, den Fremdkörper, der an seinem welken Leib haftete und ihn vor dem Explodieren schützte.

„Schade", sagte er.

„Was ist schade?" fragte Jack.

„Daß man Worte nicht fotografieren kann", sagte er. „Meine bösen, meine ungerechten ..."

„Gut so!" sagte Jack und vollführte mit der Kamera eine Kreisbewegung vor seinem Gesicht.

„Meine widerlichen, verhängnisvollen ..." sagte er.

„Hör auf zu grinsen", sagte Jack.

„Ich will nichts sagen", sagte er, „aber ich glaube, die Pumpe, sie arbeitet nicht mehr richtig."

„Bin gleich fertig", sagte Jack.

„Laß dir Zeit", sagte er, „ich sterbe nur einmal."

„Aber nicht jetzt", sagte Jack, „nicht jetzt! Nicht wahr, Linda? Jetzt wird er fotografiert! Sieben Bilder pro Sekunde. Siehst du, Tom, du hast gar keine Zeit zu sterben!" Jack weinte plötzlich hemmungslos.

„Jack", sagte er, „es ist alles viel beschissener, als du annimmst."

„Glaub' ich dir gern", sagte Jack.

„Tust du nicht!" sagte er. „Wetten?"

Jack schüttelte den Kopf, schnell, kurz. Er legte die Kamera weg, ging durchs Zimmer. Vom Spiegel zum Fenster. Zurück. Preßte sich die Fäuste auf die Augen.

„Wo ist Linda?" fragte Tom.

„In der Küche."

„Haben wir Hunger?"

In diesem Augenblick kam Linda mit einem Tablett aus der Küche. Wurst und Käse, eine Flasche. Weiß oder Rot. Gläser klirrten, als sie das Tablett auf Toms Schreibtisch abstellte. Er hob den Kopf, um zu sehen, was sie tranken.

„Jack hat einen weiten Weg", sagte Linda.

„Gib mir auch was", sagte er.

Sie holte für ihn ein Glas aus der Küche, goß ein paar Tropfen Wein hinein, ein Wunder, daß sie sie nicht abzählte. Sie brachte ihm das Glas, und er nahm es und hielt es gegen das Licht. Das Licht zitterte, und der Wein im Glas zitterte mit dem Licht. Er nahm einen winzigen Schluck, es schmeckte wie Rotwein, nach dem sanften Salz sandiger Böden, und plötzlich bekam er Angst, etwas zu verschütten, trank aus.

„Oder ist das schlecht für meine Gesundheit, Doktor?" fragte er.

„Nichts ist schlecht für Sie, Tom", gab er sich Antwort.

Außer in der Sonne zu liegen und zu trinken! Aber das, Tom, haben Sie nicht getan, sondern Sie haben in der Sonne gelegen und geschlafen, und jetzt, im Schatten, trinken Sie!

Er roch am Glas. „Zum Wohl, Doktor!

Guter Stoff, Tom! Linda soll Ihnen tüchtig einschenken: besser Sie trinken, als Sie manipulieren die Pumpe!

Er warf Linda sein leeres Glas zu. Jack war schneller, fing es auf.

„Dein Dr. Olsen“, sagte Linda, „weiß manchmal nicht, was er sagt.“

„Macht nichts“, sagte er. „Schickt mich nicht in die Wüste!“

Jack verstand und goß ihm noch einen Schluck Wein ins Glas.

„Das ist nicht gut für dich“, sagte Linda.

„Stimmt“, sagte er und trank.

Und dann dachte er an Mabel, wie er vor der Kirche gewartet hatte, bis sie herausgekommen war, während das Harmonium verhallte…

„Komm!“ sagte er.

„Ich bin da“, sagte Linda.

„Wo?“ fragte er.

„Hier, Tom, bei dir! Nicht weinen, Tom, nicht weinen, Linda!“

„Nicht fotografieren, Jack!“ sagte er.

„Jack kommt gleich wieder“, sagte sie. „Er besorgt uns noch eine Flasche.“

„Wollt ihr mich betrunken machen?“

„Das würde dir so passen“, sagte sie, aber dann füllten sich ihre Augen mit Wasser.

„Ich trink alles“, sagte er. „Weiß oder Rot oder egal.“

„Wir können froh sein, daß wir nicht mehr da draußen sind“, sagte sie. Sie war ans Fenster getreten und alles in ihrer Haltung drückte unbestimmte Sehnsucht aus, wie sie so den tintenblauen Wolken hinterhersah, in deren Bäuchen Donner rumorte. „Ich habe mir so gewünscht, daß es schöner gewesen wäre für dich."

„Es war schön genug", sagte er.

„Wirklich?" fragte sie.

„Ich hab alles gehabt", sagte er, „mir fehlt nichts."

„Ich möchte dir glauben. Es ist wichtig für mich, verstehst du?"

„Hallo, Jack!" sagte er.

Aber es war nicht Jack, es war der Schatten einer Wolke, die draußen vorbeistrich, der plötzliche, heftige Schlag einer Bö gegen die Tür. Der Schmetterling erhob sich von einem Buch im Regal, flatterte träge in die Lamellen der Jalousie. Tom horchte auf jedes Geräusch.

„Sie machen Krach!"

„Wer macht Krach?

„Diese Dinger!"

„Was für Dinger?"

„Hörst du sie nicht? Wo ist Jack, hast du gesagt?"

„Zum Supermarkt", sagte sie.

„Warum ist er nicht hier und fotografiert die Dinger?"

„Es gibt keine Dinger!"

„Gibt keine Dinger?"

„Nein", sagte sie.

„Schön“, sagte er.
„Schmerzen?“ fragte sie.
„Nein“, sagte er.
„Schön“, sagte sie.

Aber die Dinger gab es, sie strampelten mit allen Vieren und schrien unhörbar.

Mit vom Regen angeklebten Haaren kam Jack herein, in jeder Armbeuge eine Flasche, für jetzt, für später.

„Naß wie ein Hund!“ sagte Linda; es hörte sich geschmeichelt an.

„Wie redest du mit Jack?“ sagte er.

„Wie rede ich mit Jack?“ fragte sie.

„Wie … wie mit einem Hund!“ sagte er.

„Jack, wie rede ich mit dir?“ fragte Linda Jack.

Jack bellte.

„Tom geht's nicht besonders gut“, sagte sie. „Darf ich das sagen, Tom?“

Er sagte nichts.

Jack sagte: „Irres Wetter! Der Himmel schaut aus wie ein alter Vulkan.“ Er hantierte mit dem Korkenzieher. Die Adern auf seiner Stirn schwollen an, als er den Korken herausdrehte. Dann legte er den Korkenzieher neben die Kamera auf Toms Schreibtisch und sagte schwer atmend: „Sagt mal, kennt ihr eigentlich dieses Foto von Johnny und June im CD-Booklet von *Wildwood Flowers*? Ich hab's zwar nicht gemacht, aber ich mag's trotzdem sehr.“ Er ging zu Tom, goß ihm etwas ins Glas.

Dann bediente er Linda, sagte: „Ihr beide schaut ihnen verdammt ein bißchen ähnlich."

„Ich will jetzt aber nicht über Fotos reden, Jack!" sagte Linda.

Tom schlürfte Speichel, gluckerte.

„Tom braucht einen Arzt", sagte Jack.

„Ich brauch keinen Arzt. Ich brauch Gott", sagte er. „Oder jemand, der mir den Kopf abschlägt."

„Hör auf, so zu reden", schrie sie. „Ich mag's nicht, wenn du so redest!"

„Und wie red ich? Red ich wie mit einem Freund oder nicht?" Er konnte leider nicht schreien. Nicht wegen so was. Wegen so was schrie niemand. Es wäre Kraftverschwendung gewesen. „Ein Freund hilft dem Freund. Und ein Freund schützt die Frau seines Freundes vor allem, vor allem auch vor sich selbst. Und schlägt dem Freund den Kopf ab, wenn der Freund das wünscht. Luft!"

Er atmete und atmete. Es war gut. So gut. Konnte lange nicht sagen, wie gut, weil er atmen mußte. Er trank die Luft. Massen von Luft, den Mund weit offen, schweigend, damit die Luft in ihn strömen konnte. In der Luft der Geruch von Flügeln, die irgendwelchen fernen Tieren gehörten, und der Geschmack von Schweiß und Blut und einem Hauch von Lippenstift, der speichelfeuchte Schatten der Worte, die sich zu kalten, riesigen Gebirgen auftürmten. Und während er den Atem hinausfließen ließ und den Knopf an der Pumpe drückte, sagte er:

„Hallo, Dr. Olsen!"

Sie legen sich aber ins Zeug, Tom, sagte Dr. Olsen wie hinter einem Katarakt aus Luft.

„Und ob!" sagte er. „Wir sind raus ins Grüne gefahren, Doktor, Linda und Jack und ich. Und stellen Sie sich vor: die Pumpe hat alles mitgemacht! Was sagen Sie jetzt, Doktor? Sagen Sie schon, was sagen Sie jetzt?"

Keine Schmerzen?

„Ich bin nicht zu Schmerzen aufgelegt", sagte er, lachte und schnappte nach Luft.

Diese Pumpe ist das neueste Modell auf dem Markt, batteriebetrieben und jederzeit wiederaufladbar, ebenso die zwei im Gehäuse integrierten Ersatzbatterien, mit denen Sie einmal um die Welt und wieder zurück kommen. Das Gehäuse besteht aus hautfreundlichem Plastik, bruch- und stoßsicher, wasserfest. Das heißt, Sie können damit unter die Dusche oder im Regen spazierengehn, Tom!

„Fein! Und wie tief darf ich tauchen?"

Tom, Sie haben ein Problem, sagte Dr. Olsen.

„Wenn's nur eins ist", sagte er.

„Sie haben aber wirklich ein Problem, Tom, sagte Dr. Olsen.

„Wo?"

Schwer zu orten, sagte Dr. Olsen.

„Ich will euch mal sagen, wie es war“, sagte er. „Dr. Olsen zeigte mir den Befund, und es war, wie soll ich sagen, war so, als hätte ich einen Moment mit den Augen nach innen geblickt. Das Wort ‚Hirnregion‘ löste ein Vibrieren im Schädel aus. Wer von uns denkt schon an den Kopf, wenn er denkt, oder daß es das Gehirn ist, mit dem er denkt? Ammonaps!“

„Was?“ Linda oder Jack.

„Ammonaps“, sagte er, spuckte das Wort regelrecht aus. „Ich hab das Zeug gefressen.“

Tom, sagte Dr. Olsen, *verstehen Sie meine Frage bitte nicht falsch: Leben Sie gern?*

„Fragen Sie meine Frau, Doktor!“ sagte er.

Ihre Frau weiß alles besser, hm?

„Und dann lachte der Doktor, lachte, als hätte er aus Versehen die Wahrheit gesagt. Und ich glaube, er war ganz froh, lachen zu dürfen, und daß ich mit ihm lachte. Dann stellte er die Diagnose, und ich lachte weiter. Glückliche Sekunden, bis ich begriff. Letzte glückliche Sekunden. Ich habe mir vorgestellt, ich könnte Linda vor lauter Lachen nicht sagen, was ich hätte. Dr. Olsen.“

Tom?

„Sind Sie wirklich Arzt?“

Aber ja! Warum fragen Sie mich das?

„Warum helfen Sie mir dann nicht?“

Ich tu, was in meiner Macht steht, Tom! Aber was ich nicht weiß, ist, in welchem Universum die Wunder geschehn.

„Wunder“, sagte er. „Erst die Wunde, dann das Wunder.“

Das respektiere ich an Ihnen, sagte Dr. Olsen. *Daß Sie reflektieren! Selbst jetzt in dieser Situation!*

„Sagen Sie es Linda, wie es um mich steht?“

Wenn Ihnen das lieber ist, gern!

„Oder haben Sie es Ihr schon gesagt?“

„Wann, Tom?“

„Vielleicht während Sie mich operierten?“

Ich hab Sie am Kopf operiert, Tom, nicht am Herzen! Okay?

„Okay“, sagte er.

Linda war schon beim zweiten oder dritten Glas, er hatte nicht mitgezählt, und Jack, leichtfüßig, scharfäugig und Herr seiner Sinne, hatte sich die zweite Flasche vorgenommen, der Wein wie mit rotem Lippenstift gefärbt.

„Weißt du, Jack, ich bin im Wartezimmer gewesen“, sagte Linda, „und hab Tom durch die Polsterung der Tür gehört, so schallend hat er gelacht. Er hat gar nicht mehr aufgehört damit. Und im Auto hat er sich gebogen vor Lachen und den Namen seiner Krankheit gebrüllt. Und bis wir zu Hause waren, hat er schon Tränen gelacht. Wegen der Krämpfe, die er vom Lachen bekommen hatte, war er kaum mehr in der Lage auszusteigen. Es war furchtbar, wie sich das anhörte: die Wahrheit zu brüllen und gleichzeitig zu lachen. Die Wahrheit war furchtbar, aber das Gelächter war noch viel,

viel furchtbarer. Tom hätte eine Spritze gegen das Lachen gebraucht."

„Au", sagte er, „das wär aber ein verrücktes Foto geworden, was, Jack?"

Und während er das sagte, fiel ihm ein, daß er die Fotos, die Jack heute von ihm gemacht hatte, vielleicht niemals zu sehen bekommen würde. Nur Linda und Jack würden sich ab und zu die Fotos ansehen und sagen: Da ist Tom! Auf manchen Fotos würden Linda und er zusammen zu sehen sein, nebeneinander, eine Form der Liebe demonstrierend oder auch nur ein Format. Schwarzweiß. Oder in Farbe. Wer wußte das schon. In Ewigkeit und für immer würden die Rehe über den Acker schreiten und die Mechaniker glauben, er sei ein Säufer und liege deshalb im Gras am Wegrand, betrunken und trotzdem geliebt von Frau und Freund. Er sprach jetzt schneller, als Jack hätte fotografieren können.

„Ich will nicht sterben, das ist eigentlich alles. Ich glaube, das würden sogar die Toten sagen." Dann sah er sie bittend an und sagte: „Ich hab Schmerzen, hab ich Schmerzen gesagt?"

„Ist was mit der Pumpe?" fragte Linda. „Kommt nicht genug?"

Was ist genug? dachte er. Ist genug, wenn ich nicht mehr schreien muß? Oder ist genug, wenn ich nicht mehr schreien kann?

„Soll ich Dr. Olsen anrufen?" fragte sie.

„Später“, sagte er, hätte es gerne anders gesagt, freundlicher, dankbarer, wußte nicht, wie, sagte: „Ruf ihn später an – wenn Jack gegangen ist.“

Jack stellte sein Glas auf dem Schreibtisch ab.

„Paß auf, harter Mann“, sagte er, „in schlechten Filmen kommen Ratten aus ihren Löchern und nagen das Telefonkabel durch. Draußen natürlich tiefste Wildnis, weglose Einöde.“

„Hör auf“, sagte Linda, „er hat's nicht so gemeint!“

„Dann landet ein UFO. Gott ist der Pilot.“

„Macht das Fenster zu, die Vögel werden naß“, sagte Tom. „Fliegen herein, stechen mich mit ihren Schnäbeln.“

„Es wird alles gut, Tom“, sagte Linda.

„Wieviel Zähne hab ich noch?“

Sie versuchte es mit einer flapsigen Bemerkung: „Kommt nicht auf die Menge an.“

„Wieviel Augen?“

„Eins hinter der Brille, das andere unter der Perücke“, sagte Jack, grinste erlöst.

„Tu mir den Gefallen und fotografier Linda nicht, wenn sie heult“, sagte er.

„Hab ich nicht vorgehabt“, sagte Jack.

„Ich auch nicht“, sagte Linda.

„Versprochen?“

Tom? Hören Sie mich?

„Aber ja“, sagte er.

Lassen Sie sich einfach fallen, sagte Dr. Olsen.

„Mach ich, sobald Sie mir die Flügel abgeschnitten haben“, sagte er.

Er bat Jack, ihm die Kamera zu geben. Er blickte durch den Sucher, sah Jack, schwenkte zu Linda, sah auch sie, in ihrer Liebe größer als jedes Bild. Obwohl es vielleicht ein stimmungsvolles Foto geworden wäre, drückte er nicht auf den Auslöser, hätte verwackelt, weil er zu sehr zitterte, vor Verlangen, alleine zu sein. Linda nahm die Kamera an sich, und bevor sie sie Jack zurückgab, fragte sie, ob sie ein Foto von ihnen beiden machen solle, und Jack sagte, nur wenn Tom es wolle, aber Tom wollte nicht, wollte liegen und schweigen und wollte Linda neben sich wissen, im Traum ihre Füße berühren, dem Geräusch ihrer Schritte lauschen, wenn sie kam und ging, wollte sie zurückhaben, nicht besitzen, nur haben, wie man etwas hat, das zu wertvoll ist, als daß man es für immer behalten kann. Das Leben spielte sich auf fernen Planeten ab, und hier war ein ferner Planet. Jack machte es gut, machte es kurz und bündig und fast normal, steckte die Kamera weg und sagte: „Ich muß.“ Er wartete, ob Jack ihn küssen würde zum Abschied, oder einfach so, um Linda zu zeigen, daß sie nicht die einzige war, die Zuwendung brauchte. Dann spürte er, daß Jack noch nicht wußte, was er machen und vor allem, wie er es machen sollte. Und er lächelte, weil Jack nicht lächelte. Weil Jack es nicht wagte. Möglich, daß Jack dachte, es gehöre sich nicht zu lächeln beim Abschiednehmen. Jack würde gehen. Und Jack würde wieder kommen und wieder gehen. Jetzt und dann. Vielleicht daß seine Besuche seltener würden, wenn er, Tom, nicht mehr war. Aber erst wenn auch Linda nicht mehr war, würden sie vermutlich ganz aufhören.

„Ich muß wirklich", sagte Jack.

Dann küßte er Linda, diesmal auf die Stirn.

„Du mußt los, was?" sagte Tom.

„Du sagst es", sagte er.

„Soll ich Dr. Olsen von dir grüßen?"

„Gute Idee", sagte Jack.

„Na, gib mir schon die Hand, Jack!" sagte er. „Wie hieß gleich dieser Ort, wo du leben willst?"

„Kalk Bay", sagte Jack. „Ich schick dir ein Foto!"

„Von dort?"

„Von wo du willst", sagte er.

„Schick Linda auch eins", sagte er.

„O Gott", sagte Jack, „ich liebe dich, Tom! Ich lieb dich so, wie ein Freund einen Freund nur lieben kann, verstehst du?"

„Ich küß dich trotzdem nicht", sagte er.

„Ich komm wieder", sagte Jack.

„Linda wird sich freuen", sagte er.

„Ich komm wieder, Tom", sagte Jack noch mal.

„Sag das vor der Tür", sagte er. „Damit sich's anhört, als wärst du schon zurück."

„Wiedersehn, Tom!"

„Mach's gut, Jack!"
„Du auch, Tom!"
„Werd's versuchen!"
„Versprich's mir!"
„Versprech's dir!"
„Und Linda auch!"
„Und Linda auch!" sagte er. „Versprochen!"
„Danke, Tom!"
„Für was denn?" fragte er.
„Für dich!" sagte Jack.

Er winkte ab, einmal, zweimal, mit einer langen Pause dazwischen, sah seine Hand, ein fremdes Stück Haut und Knochen, mit dem er Jacks Blicke verscheuchte.

„Linda", sagte Jack.

Sie ging nicht mit zur Tür. Blieb stehen, wo sie war. Blieb bei ihm.

Jack schaffte es, hinauszugehen und nicht zurückzukommen. Tom hoffte ein paar verrückte Sekunden lang, ihn vor der Tür sagen zu hören: Da bin ich wieder, Tom!, hörte Jacks Schritte auf der Veranda, sich entfernend. Verzweifelt winkte er Linda, ihm aufzuhelfen, schaufelte mit den Armen, um ans Fenster zu kommen. Durchs regennasse Glas sah er Jack, der zu seinem Wagen ging, sah den Köter der Kinnards, der ihm geduckt folgte. Er rüttelte an den Fensterflügeln, aber bis Linda sie geöffnet hatte, stieß Jack schon im Rückwärtsgang zur Straße vor, rollte über einen Teppich aus Hibiskusblüten. Tom winkte, und sein Winken störte den Falter auf, wehte ihn hinaus ins Freie. Der Hund sprang hoch, als er den Falter sah, erwischte ihn mit der Tatze im Flug, und als der Falter zu Boden trudelte, zerfetzte er mit einem Biß die safrangelben Flügel. Einmal noch versuchte der Falter, an Höhe zu gewinnen, ins feinere Licht zu gelangen, dann rollte er über den Boden davon.

„Hat Jack geheult?" fragte er Linda, als er wieder auf der Matratze lag.

„Klar hat er!" sagte sie.

„Wegen mir?"

„Klar wegen dir!" sagte sie.

„Hat er dich geküßt?" fragte er.

„Weißt du doch!" sagte sie.

„Ich weiß nichts", sagte er.

„Er hat mich geküßt und ich hab ihn geküßt, und ich weiß nicht mehr, wer angefangen hat. Aber es war ein Freundschaftskuß, mit viel Luft zwischen Lippen und Zunge, verstehst du, was ich sagen will? Verstehst du das? Bist du jetzt zufrieden? Oder willst du noch mehr hören? Soll ich dir zeigen, wie er küßte, die Stelle, wo er mich küßte? Er hat geweint wegen dir, Tom, vergiß das nicht!"

„Vor Glück", sagte er. „Vor lauter Glück, gehen zu können."

Sie sagte nichts. Und Jack kam nicht zurück.

„Ich wär' gern mit ihm gegangen", sagte er, „überallhin."

Hauptsache weg. So weit weg, wie der Himmel war. Jack hockt auf der Veranda seines Hauses, zählt die Wellen des Ozeans. Tausend Grüße, tausend Vögel im Wind. Und das Meer singt, singt ein Lied, grüne Stimmen unter der Sonne. Jack zeigt auf den Stuhl neben ihm. Tom sitzt da und weiß nichts zu sagen, weil Jack selbst weiß, wie schön es hier ist. Er nickt, taucht unter die Wellen des Winds.

„Ich würde dich nie mit Jack betrügen, das weißt du ganz genau!"

„Einen Sterbenden zu belügen, würde Dr. Olsen sagen, gleicht einem Gnadenakt!"

„Wenn du nicht still bist, halt ich dir den Mund zu!"

„Fest!" sagte er.

„Was?"

„So fest du kannst", sagte er. „Und so lange du kannst."

„Mach die Augen zu!"

„Ja", sagte er, machte die Augen zu.

„Mach sie ganz zu!"

„Sie sind zu!"

„Gut", sagte sie, legte ihm eine Hand auf die Augen, die Haut ihrer Hand war heiß und trocken. „Du bist jetzt an einem schönen Ort! Nenne ihn wie du willst, am besten aber, du nennst ihn nur Schöner Ort!"

„Wie soll ich wissen, ob er wirklich so schön ist?" sagte er. „Gibt kein Licht hier!"

„Macht nichts“, sagte sie ganz nah, „dann küß ich dich im Dunkeln.“

Sie küßte ihn. Es war, als fühlte er ihren Kuß am ganzen Körper, in der ganzen Seele, ihre Lippen das süßeste Gewicht der Welt. Er ließ die Augen geschlossen, und Worte wie Vergeben und Vergessen drängten sich ihm auf. Er wünschte sich in den Schutz der Gnade, und das ging so weit, daß er Linda und Jack selbst dann vergeben hätte, wenn sie gar nichts miteinander gehabt hätten. War es denn nicht besser, vom besten Freund mit seiner eigenen Frau betrogen zu werden? Immerhin waren der beste Freund und die eigene Frau Personen, die man selber liebte. Er versuchte sich die Gesichter von Jacks Frauen vorzustellen. Lindas Gesicht tauchte nicht zwischen ihnen auf. Für einen Moment war er so glücklich, daß er nicht wußte, wie ihm geschah.

„Was ist los mit dir?“ sagte sie.

„Ich weiß nicht“, sagte er.

„Tom?“ sagte sie. Und lauter: „Tom?“

„Schrei nicht!“ sagte er.

„Tom?“ wisperte sie neben seinem Ohr.

„Hab nachgedacht“, sagte er.

„Worüber hast du nachgedacht?“ fragte sie.

„Weiß ich nicht mehr“, sagte er.

„Du mußt nicht reden, Tom“, sagte sie.

„Bißchen noch möchte ich“, sagte er.

„Jack war da.“

„Ich hab mitgemacht."

„Du warst umwerfend."

„Umwerfend?"

„Großartig!"

„Warum ist Jack nicht dageblieben?"

„Was meinst du mit dageblieben?"

„Bis zuletzt", sagte er. „Bis zum letzten Foto oder was weiß ich."

„Wahrscheinlich wollte er nicht, daß du dauernd in der Angst lebst, wir würden uns küssen, würden nicht mehr aufhören, uns zu küssen, während du…"

„Während ich?"

„Während du dich immer elender gefühlt hättest", sagte sie.

„Oh, er war so verdammt human", sagte er.

„Gib mir deine Hand", sagte sie, „ich möchte sie halten."

„Ich flieg nicht weg, Baby", sagte er.

„Sicher ist sicher", sagte sie.

Sie hielt seine Hand, drückte und streichelte sie, und mit der anderen Hand umfaßte er ihren Fuß, mochte es, ihren Fuß zu halten. Da draußen die Erde.

„Angenommen, du hast wirklich nichts mit Jack gehabt?" sagte er.

„Wenn was war zwischen uns, dann vor deiner Zeit", sagte sie, besserte nach: „Vor unserer Zeit! Darf ich dir einen Kuß geben?"

„Warum?“ sagte er. „Damit ich nicht sagen kann: Sie verschloß ihm die Lippen mit einem Kuß?“

„Gut wirst du aussehen auf den Fotos, die Jack gemacht hat. Verdammt gut und nett, furchtbar fabelhaft nett, gigantisch nett. Nicht zum Aushalten nett!“ Die Stimme versagte ihr.

„Wir sind Menschen, Linda“, sagte er. „Soll heißen, wir leben und wir sterben. Nicht alle tun das zur gleichen Zeit, und das ist es, glaube ich, was man die Ungerechtigkeit der Liebe nennt. Oder die Gerechtigkeit, was weiß ich.“

Jetzt küßte sie ihn. Küßte ihn wieder und wieder. Er hielt es nicht mehr aus, und er öffnete die Augen. Sonne und Mond lagen auf ihm. Ihr Gesicht auf seinem Gesicht. So groß und so schön. Und jeder Kuß gehörte ihm. Und das war das Foto, das Jack nicht gemacht hatte. Das Foto vom Ende der Reisen, die alle nur zurückführen zum Gesicht der Liebsten. Er begann, sie ebenfalls zu küssen, irgendwelche Tränen irgendwoher.

„Gut“, sagte er nach einer Weile und hörte lange das Echo dieses Wortes nachhallen, „ich liebe dich! Ich weiß nicht, wie es klingt, wenn ich es sage, weiß nicht, ob du es überhaupt hörst, weiß nicht einmal, ob ich überhaupt spreche.“

„Du hast gesagt, ich liebe dich“, sagte sie.

„In welcher Sprache?“ sagte er.

„In deiner“, sagte sie.

Er glaubte ihr.

„Ich werde einschlafen", sagte er, „da ist nichts dabei. Und du, Linda, du wirst ohne mich aufwachen. Ich glaube, es ist keine Kunst, zu sterben. Das Leben stirbt, sonst stirbt nichts. Aber was passiert mit der Liebe? Und all den andern Schmerzen? Glüht der Spiegel, wenn man dort, wo man dann ist, Sehnsucht kriegt? Sag jetzt nichts, bin schon fertig. Die Pumpe arbeitet einfach umwerfend, Linda! Nicht abschalten hinterher! Wie geht's eigentlich Dr. Olsen?"

„Gut, glaube ich", sagte sie.

„Ein Arzt hat immer die besten Ärzte, wenn ihm was fehlt", sagte er.

„Aber Dr. Olsen hat den besten Patienten", sagte sie.

„Nur ein toter Patient ist ein guter Patient", sagte er. „Jack kennt den Spruch bestimmt."

„Jack ist dein Freund", sagte sie.

„Der gute Jack!" sagte er.

„Besser als jeder Doktor", sagte sie.

„Ich möchte nicht mehr reden", sagte er.

„Vielleicht hilft's dir", sagte sie.

„Nicht wirklich", sagte er.

„Vielleicht hilft's uns allen ein bißchen?" sagte sie. Sie zupfte zärtlich an seinem Bart, sagte: „Es war nichts. Es war wirklich nichts. Es war noch weniger als nichts."

Jack meldete sich auf dem Anrufbeantworter, seine Stimme klang verschliffen:

Okay, Leute, ich häng hier in einer Bar rum und hab was getrunken. Und bevor ich noch mehr trinke, möchte ich euch sagen, es war ein wirklich netter Nachmittag! Ihr seid das einzige Liebespaar, das ich kenne. Ihr seid die Tränen in meinen Augen. Ihr seid so voller Liebe, daß es nirgends Nacht werden kann und wenn doch, dann wärmen sogar die Sterne. Als alter Freund darf ich das sagen, oder? Und das schönste Foto von allen wird sein, wie du, Tom, Lindas Fuß hältst. Ich werde es vergrößern, bis Gott es sieht. Übrigens neige ich dazu, Blödsinn zu machen, wenn ich etwas getrunken habe. Und ich habe heute etwas getrunken, und deshalb habe ich eben Dr. Olsen angerufen. Linda, Tom, bis bald!

Dr. Olsen klopfte kurz, trat ins Zimmer.

„Hallo, Linda, Tom!“ grüßte er.

Er kannte sich aus, stellte seine Tasche auf dem Schreibtisch ab, steckte die Hände in die Taschen seiner Hose, ballte sie zu Fäusten.

„Wie ist das Wetter, Doktor?“ fragte Tom.

„Patient zeigt reges Interesse an seiner Umwelt“, sagte Dr. Olsen. „Wie ich sehe, haben Sie Farbe bekommen. Heute draußen gewesen?“

„Tom hat Besuch gehabt“, sagte Linda.

„Besuch ist immer gut. Bißchen Sonne auch. Was kann ich für Sie tun, Tom?“

„Sagen Sie Linda, sie soll die Pumpe nicht abschalten, wenn ich… Naja, Sie wissen schon! Und sie kann meine Medikamente einnehmen, wenn welche übrigbleiben. Und Jack kann sie fotografieren, wenn sie meine Medikamente einnimmt, nichts dagegen“, sagte er.

„Kann ich ein paar Tests machen?“ sagte Dr. Olsen.

„Nur zu, Doktor!“

„Fühlen Sie Ihre Zunge?“

„Ja.“

„Und wie fühlt sie sich an?“

„Kalt.“

„Müssen Sie oft zur Toilette?“

„Lassen Sie’s gut sein, Doktor, lassen Sie’s einfach gut sein.“

„Er ißt nichts mehr“, sagte Linda.

„Normal, absolut normal“, sagte Tom. „Glauben Sie an Gott, Doktor?“

„Warum fragen Sie mich nicht was Einfacheres, Tom?“ sagte Dr. Olsen.

Der Doktor schien tatsächlich darauf zu warten, daß Tom ihn etwas Einfacheres fragen würde, aber keine einzige Frage wäre einfach gewesen und jede hätte zu lange gedauert. Dr. Olsen hatte schließlich auch noch andere Patienten. Er musterte die Gläser und die Flaschen, die auf Toms Schreibtisch standen, und sagte:

„Sieht fast so aus, als hätten Sie mit Linda getanzt, Tom!"

„Erraten", sagte Linda. „Und dann ging er schwimmen und klettern."

„Gar nicht so schlecht", sagte Dr. Olsen.

„Sie lügt", sagte er.

„Aber wie sie lügt, das ist nett", sagte Dr. Olsen.

„Sie lügen auch nett, Dr. Olsen", sagte er.

„Hauptsache, es hilft", sagte Dr. Olsen.

„Eben, bevor Sie gekommen sind, hab ich einen Traum gehabt. In dem Traum hat ein Engel seinen Kopf durch die Wand gesteckt und schwarze Luft ist aus dem Loch geströmt, schwarzer Atem aus dem schwarzen Loch in seinem Gesicht. Hey, was machen Sie für Geräusche, Doktor? Jack? Bist du das, Jack? Bitte, nicht das Gesicht! Nicht das Gesicht, wenn ich atme! Lieg ich gut? Lieg ich auf dem Bauch? Hoffentlich nicht! Besser so? Sie können reinkommen, sie können alle reinkommen. Na los! Durch die Wand! Durch den Kopf! Mach Platz, Linda! Hörst du die Musik? Sie lärmen. Sie lärmen hinter der Welt. Das ist das Leben, das lärmt. Es tut weh, das ist schön."

Er sah zu, wie Dr. Olsen sich zu ihm hinunterbückte und ihn aufdeckte, schluckte trocken, als er Dr. Olsens Finger spürte, wie sie die Haut um die Einstichstelle betasteten. Ein rasend grober Stich durchstieß ihn von Kopf bis Fuß.

„Tut's weh, Tom?"

„Ja“, sagte er, die Zunge starr, rissig.

„Kommen Sie, Tom“, sagte Dr. Olsen, „immer mit der Ruhe! Wenn Sie wünschen, erhöhe ich Ihnen die Dosis! Keine Angst, Sie vertragen das schon!“

„Mit dem Anfang schuf Gott das Ende“, sagte er.

„Reden Sie ruhig weiter“, sagte Dr. Olsen.

„... auf daß alle Werke ein Ende hätten“, sagte er.

Dr. Olsen war fertig, rückte die Pumpe gerade. „Sie kriegen jetzt mehr ab, wenn Sie den Knopf drücken, und ich habe die Intervalle so justiert, daß es Ihnen möglich ist, sich öfter zu bedienen.“

Und er sah zu, wie Dr. Olsen ein paarmal probehalber den Knopf drückte, und als er wieder zu sich kam, war der Doktor schon gegangen, und Linda telefonierte.

„Jack“, sagte er.

„Mabel“, sagte sie. Dann drehte sie sich zu ihm um und sagte: „Es ist Mabel!“

Er antwortete nicht.

„Sie fragt, wie es dir geht“, sagte Linda.

„Mabel!“ sagte er, lauter: „Mabel!“

Er legte sich eine Hand auf die Augen, weil er es nicht glauben konnte, und Mabel kam aus der Kirche, umhüllt von Licht und Gesang, seine Tochter, wie eine kleine Mutter, und sie sagte: Ich bin ohne Sünde. Und du? Ich hab hier draußen auf dich gewartet, sagte er. Du weißt ja, ich mag nicht viele Leute. Sie lächelte sanft und nahm ihn bei der

Hand, zog ihn durch Sonne und Regen fort und sagte: So viele waren es heute gar nicht.

Linda brachte ihm das Telefon.

„Pa?“ sagte Mabel nach einer Weile.

„Schön, deine Stimme zu hören, Mabel“, sagte er.

„Du hörst dich ganz nah an“, sagte Mabel.

„Kein Wunder“, sagte er, „ich bin zu Hause.“

„Mommy hat mir alles gesagt“, sagte Mabel.

„Was hat Mommy dir gesagt?“

„Na, alles!“

„Hoffentlich weiß Mommy, was sie ihrem kleinen Mädchen sagt.“

„Du wirst es mir wieder nicht glauben wollen, aber ich bin inzwischen erwachsen geworden.“

„Fünfzehn Jahre älter“, sagte er. „Stimmt's?“

„Ich wäre gerne gekommen, aber Brendan verdient im Moment nicht genug.“

„Jack hat uns heute besucht, mein Freund, der Fotograf“, sagte er. „Brendan sollte fotografieren statt zu schreiben. Dann verdient er genug!“

„Ich hab nicht wegen Brendan angerufen“, sagte Mabel.

„Ich weiß nicht, was ich sagen soll. Wir haben so lange nicht mehr miteinander gesprochen, daß ich jetzt nicht mehr weiß, was ich sagen soll.“

„Du mußt nichts sagen“, sagte Mabel.

„Irgendwas schon“, sagte er.

„Ich weiß, daß du krank bist“, sagte Mabel. „Und es macht mich traurig.“

„Mich auch“, sagte er. „Traurig ist gar kein Wort. Wenn ich mir das wünschen dürfte, dich noch ein Mal von der Kirche abzuholen. Ich hab immer gehorcht, ob ich dich singen hören würde.“

„Ich hab gesungen“, sagte Mabel. „Ich hatte eine gute Stimme. Gott hat sie gefallen. Aber das ist lange her.“

„Sehr lange“, sagte er. „Schick mir ein Foto von dir.“

„Mach ich“, sagte Mabel.

„Ich möchte wissen, wie mein kleines Mädchen heute aussieht.“

„Gut, sagt Brendan.“

„Er hat sicher recht“, sagte er.

„Pa, ich weiß nicht, was man sagt“, sagte Mabel. „Ich kann doch nicht einfach sagen: Mach's gut! Ich kann doch nicht einfach sagen: Ich ruf wieder an!“

„Denk dir einfach, du hast schon alles gesagt“, sagte er.

„Ich denk an dich“, sagte Mabel.

„Nur zu!“ sagte er.

„Gib mir Ma!“ sagte Mabel.

„Danke“, sagte er.

Mabels Schweigen war endlos, er gab Linda den Hörer.

„Mabel“, sagte er.

Ihr Name flog wie der Schatten des Falters durchs Zimmer, kam nirgends zur Ruhe, und Linda ging mit dem Telefon ans Fenster, wo mehr

Licht war; ihre Lippen bewegten sich wie von bläulichen Flammen beschienen, und er dachte an die Mönche auf dem Plateau, die in der Sonnenglut auf den Äckern arbeiteten und Schnaps tranken und abends singend auf ihren Pritschen lagen, während die Nacht um sie tanzte und im Hafen drunten die letzte Fähre tutete. Die Pumpe vibrierte minimal, aber sie klang lauter als vorher, dröhnte unter der Decke. Er hob den Arm und schlug schwach gegen die Wand, hatte das Gefühl, als hätte sein Herz ein, zwei Schläge ausgesetzt und das Echo einer Leere in ihm hinterlassen. Dann war Linda da, nahm seine Hand, hielt sie.

„Ich könnte dir aus der Bibel vorlesen, Tom?" sagte sie.

„Zu groß für jetzt", sagte er hart atmend.

„Was ist zu groß, Tom?"

„Jedes Wort", sagte er.

„Wie wär's mit Musik, Tom?"

„Ich weiß es nicht", sagte er, „ich weiß es einfach nicht."

„Musik hast du immer gemocht."

„Ich hab Angst", sagte er.

„Schau mich an!" sagte sie.

„Ich schau dich an!" sagte er. „Ich will nicht haben, daß deine Seele zerfleischt wird! Laß mich allein!"

„Ich laß dich jetzt nicht allein, Tom", sagte sie.

„Schön", sagte er. „Na schön."

„Weißt du was, Tom?"

„Was?"

„Ich komm einfach mit", sagte sie.

„Schön", sagte er.

„So weit ich kann", sagte sie.

„Ja", sagte er.

„Wir bleiben zusammen", sagte sie.

„Wie immer", sagte er.

„Wir schaffen es, Tom", sagte sie.

„Ach, Linda!" sagte er. „Linda…"

„Ich liebe dich!" sagte sie. „Tom?"

„O mein Gott!" sagte er.

„Tom, was ist?"

„O mein Gott!"

„Hörst du mich?" sagte sie.

„Deine Stimme, Linda", sagte er.

„Ich möchte mich bedanken, Tom! Ich möchte mich bedanken für alles! War eine ganze Menge."

„Würd' mir nichts ausmachen", sagte er.

„Was würd' dir nichts ausmachen?" sagte sie.

„Wenn's jetzt passiert", sagte er. „Würd' mir nichts ausmachen. Aber nur jetzt. Nur jetzt im Moment. Dann nicht mehr. Würd' mir gar nichts ausmachen, wie oft ihr euch geküßt habt, du und Jack."

„Man kann halluzinieren", sagte sie. „Dann sieht man Gespenster."

„Gespenster, die sich küssen?“

„Das ist das Morphium, hat Dr. Olsen gesagt.“

Wie zermahlenes Glas war jetzt die Luft, die in ihn hineinleckte.

„Ihr habt euch geküßt“, sagte er.

„Das machen wir immer, das weißt du doch. Außerdem hat Jack dich auch geküßt! Vergessen?“

„Ihr habt euch geküßt, und ihr habt mich geküßt. Jack hat mich einmal geküßt, dich hat er zweimal geküßt. Auf den Mund.“

„Das hast du gesehn? Hast du auch gesehn, wie lange?“

„Auf die Lippen. Das hab ich gesehn. Auf die Lippen.“

So war es nicht, soll trotzdem nicht wieder vorkommen! sagte Jack.

„Ihr habt euch geküßt, verdammtnochmal“, sagte er fast flehentlich. „Habt gedacht, ich schlafe, habt gedacht, er schläft. Dann habt ihr euch geküßt. Hinterher hat Linda Salami gegessen.“

„Das war gestern, Tom“, sagte sie.

„Lüg mich nicht an! Lüg mich bitte nicht an, ich liebe dich!“

„Du liebst deine Frau. Eine Frau, die einen kranken Mann liebt!“

Er bemerkte, daß das Fenster mit grauen Perlen beschlagen war und daß es draußen entsetzlich still war, als hätte der junge Cazzanelli den Köter der Kinnards auf eine Spritztour mitgenommen.

„Ich wette, Jack hat den Regen fotografiert, das Fenster von draußen, das Fenster im Regen, die Regentropfen an der Scheibe und dahinter dein Gesicht, und man weiß nicht so recht, ob du weinst oder nicht, ob das eine Träne ist oder ein Regentropfen, der runterrinnt…"

Er hätte nicht sagen können, warum, aber er vermißte plötzlich Mabel, vermißte sie, und sogar Jack vermißte er, von ganzem Herzen, auch den Hund der Kinnards vermißte er jetzt und den jungen Cazzanelli, seitdem er mit dem Krawall aufgehört hatte, vermißte diese ganze Welt da draußen, die so schön war und ihn mit Sehnsucht nach ihr strafte. Er ertrug sie, diese Sehnsucht, weil sie seine Abwesenheit erklärte. Er wollte nur noch zurück, schnell zurück, mitten hinein ins Zentrum seiner Zeit, in einer von Anfang an den Himmel umfassenden Bewegung, wollte den Hund bellen hören und Musik, laut wie der Schlag seines Herzens. Er hob den Kopf, um seine Füße zu sehen.

Jack rief an, sagte:

Sagt mal, kennt ihr den Song?

Sie hörten, wie er das Autoradio lauter drehte.

And the first time ever I lay with you
I felt your heart so close to mine
And I knew our joy it would fill the earth
And would last till the end of time, my love,
It would last till the end of time.

Jack sang mit, aber nur die letzte Zeile. Dann sagte er:

Hab gewußt, daß euch der Song gefällt!

Linda war in der Küche, um sich etwas zu essen zu machen, und er hörte sie mit allem klappern, was es in der Küche gab; sie war keine sehr gute Köchin, etwas, das ihm nie etwas ausgemacht hatte. Sie hatte ihn gar nicht gefragt, ob sie auch für ihn eine Kleinigkeit zubereiten solle, er hätte sowieso Nein gesagt. Sei nicht böse, Tom!

„Trink ein Glas Wein zum Essen", rief er, aber Linda hörte ihn nicht. Es war noch immer angenehm lau im Zimmer, und weil Linda in der Küche war, kontrollierte er die Pumpe. Es war alles in Ordnung. Er lachte, weil alles in Ordnung war, aber er lachte nicht laut. Er lag da und wartete, daß sich irgendwelche Insekten hierher verirren würden, wartete, daß Jack nochmal anriefe, und dachte an die Sommerabende, an denen der Himmel mit all seinen Sternen herabgesunken war und man sich winzig vorkam, weil Gott es so wollte, daß man sich winzig vorkam und zu zweit sein wollte, denn darin lag der Sinn des Lebens, zu zweit zu sein und durch die Liebe zu wachsen. In seinem Leben war nicht alles immer so gewesen, wie es hätte sein müssen, aber im großen und ganzen war es gut gewesen, kurz und gut, dachte er und hatte das Empfinden, seine Zunge stünde unter Strom.

Dr. Olsen ging durchs Zimmer, sah gesund aus, wohlgenährt, kraftvoll. Er ging in die Küche zu Linda, und sie lachten dort und klapperten mit Gläsern und Besteck, und dann hörte er Jacks Stimme, verstand aber nicht, was er sagte; er versuchte sich vorzustellen, wie Linda Braten auf dem Tisch schnitt, und er mußte hier auf seiner Matratze warten, bis das Fleisch ganz kalt war.

Ich hab eine Ausstellung mit Ihren Fotos gesehn, Jack, sagte Dr. Olsen. *Ich bin ein Bewunderer Ihrer Arbeiten!*

Und ich bewundere Ihre Arbeit, die Sie an Tom vollbracht haben, sagte Jack. *Darf ich Sie fotografieren?*

Warum nicht, sagte Dr. Olsen. *Tom ist kein Patient, für den man sich als Arzt schämen müßte.*

Trinken Sie immer nur Wasser, Doktor? fragte Linda.

Während sie da draußen – wo, dachte er, wo? – in der Küche waren und irgendein Wind ihre Stimmen durchs Haus trug, schlug er die Decke zurück und versuchte, mit der Hand seine Füße zu ergreifen; er strengte sich an, und dann, als es ihm gelang, die Pumpe beiseite zu schieben, traumwandlerisch sicher, berührte er seine Füße, strich über Spann und Ferse, erstaunt, daß er sie fühlte, daß sie da waren, sich bewegen ließen, und er stand auf, ein Flug in die Höhe, und ging zu ihnen in die Küche. Jack hob kurz den Kopf und nickte, während Dr. Olsen übers ganze Gesicht strahlte und sagte: *Ich wußte, daß Sie kommen, Tom!* Und Linda schluckte ihren Bissen hinunter und sagte: Tom schafft alles! Nicht wahr, Tom? Er setzte sich zu ihnen an den Küchentisch, nahm Fleisch und Brot von Lindas Teller. Jack schob ihm ein Glas Wein hin und er trank es aus. *Sie sind ein Mordskerl, Tom,* sagte Dr. Olsen. Tom legte sich zwischen Teller und Gläser auf den Tisch, und Dr. Olsen nahm ihm die Pumpe ab, während Linda und Jack seine Füße hielten. Unbeweglich sah er hinauf zur Küchendecke und erinnerte sich daran, wie Linda heute morgen mit ihm im Hospital auf Jack gewartet hatte, auf dem Bett sitzend, das die Schwester frisch bezogen hatte. Es war der schönste Morgen seines Lebens gewesen, und im Lift nach unten hätte er Linda fast geküßt, so dankbar war er, so dankbar, daß draußen die Vögel sangen und die Taxis fuhren und die Pumpe, die er trug, ihm den Kopf freihielt für all die herrlichen Bilder, die auf ihn einstürmten und von denen Linda das prächtigste war, und er stellte sich vor, die Schwester läge in dem frisch bezogenen Bett, auf dem Linda gesessen hatte, ein Anblick, der ihm Glück brachte. Er lächelte, um sein Glück zu zeigen. Sein Glück, das alles war, was er hatte. Gleich, dachte er, gleich würde er aufstehen und hinausgehen, würde den Hund der Kinnards jagen und einmal im Wagen des jungen Cazzanelli um den Block brausen, egal, bei welcher Musik.

Dann hatten die Geräusche aus der Küche nachgelassen, die Kinnards hatten ihren Hund ins Haus geholt, der junge Cazzanelli probierte irgendwo mit seinem Mädchen die Liegesitze aus. Das, dachte Tom, war das Leben, das Leben war für jeden etwas anderes; selbst wenn man sich nicht mehr bewegte, verging die Zeit. Linda brachte einen Teller Ananasstücke herein. Er nahm nichts. Sie setzte sich auf die Matratze neben ihn, machte „Puh", etwas, das sie umwerfend gut beherrschte. Er schickte seine Hand auf die Reise zu ihr. Und als er sie fand, drehte er das Gesicht zur Seite, um sie zu sehen, seine schöne, ewig schöne Frau.

„Linda?"

„Ja?"

„Schläfst du?"

„Nein."

„Schlaf ein bißchen."

„Später."

„Nein", sagte er, „jetzt."

„Laß mich einfach hier sitzen, wenn's dir nichts ausmacht. Einverstanden?"

„War Jack da?" fragte er.

„Ja."

„Und?"

„Er hat uns fotografiert", sagte sie.

„Macht er ein paar Abzüge für dich?"

„In ein paar Tagen bringt er sie vorbei."

„In ein paar Tagen", sagte er.

„Versuch zu schlafen", sagte sie.

„Versuch's du auch", sagte er.

„Na schön", sagte sie.

Sie stellte den Teller mit dem Essen weg, legte sich neben ihn.

„Die ganzen letzten Tage hast du kaum geschlafen", sagte er.

„Bißchen schon", sagte sie.

„Bißchen ist zu wenig", sagte er. „Versuch's einfach."

„Du zuerst", sagte sie. „Du zuerst, mein Schatz!"

„Na gut", sagte er.

Ihm fiel ein, daß es manche Dinge gab, die er einfach nicht wußte. Wie ein Wal atmet zum Beispiel. Wie laut und wie oft. Und ob in der Wassersäule, die er aus sich bläst, goldene Fischchen fliegen. Oder Schmetterlinge. Und so viele andere Dinge wußte er nicht, Dinge, die nicht in Büchern standen, Dinge jenseits jeder Wissenschaft. Weiß oder Rot! Tag oder Nacht! Heiß oder kalt! Tod oder Leben! Plötzlich hätte er sich am liebsten zur Wand gedreht und von dort aus die Nacht auf der anderen Seite der Welt gehört, hätte ihr Näherkommen durch die Schichten der Erde hindurch wahrgenommen, dieses urmächtige Fauchen der schwarzen Vulkane in der Finsternis gefrorener Asche.

Sie atmeten jetzt im Takt. Es war genug Luft da für sie und für ihn. Und wenn sie wollte, konnte sie mehr davon haben, als sie brauchte.

„Linda?"

Eine Weile hörte er noch zu, wie sie atmeten, sie und er.

Dann, als wäre es nie anders gewesen, hörte er seinen Atem nicht mehr.